天津体育学院博士科研启动经费资助

中国体育博士文丛

当代中国文化身份建构
——基于奥运传播的视角

杨 珍 著

北京体育大学出版社

策划编辑：丁明山
责任编辑：朱　晶
审稿编辑：梁　林
责任校对：李志诚
版式设计：思　维
责任印制：陈　莎

图书在版编目（CIP）数据

当代中国文化身份建构：基于奥运传播的视角 / 杨珍著.
-- 北京：北京体育大学出版社，2011.9
　ISBN 978-7-5644-0811-4

　Ⅰ.①当… Ⅱ.①杨… Ⅲ.①文化社会学—研究—中
国 Ⅳ.①G12

　中国版本图书馆CIP数据核字(2011)第190979号

当代中国文化身份建构：基于奥运传播的视角　　　　杨　珍　著

出　　版：北京体育大学出版社
地　　址：北京市海淀区信息路48号
邮　　编：100084
邮 购 部：北京体育大学出版社读者服务部 010-62989432
发 行 部：010-62989320
网　　址：www.bsup.cn
印　　厂：北京昌联印刷有限公司
开　　本：787×960毫米　　1/16
印　　张：9

2011年9月第1版第1次印刷
定　价：28.00 元
（本书因装订质量不合格本社发行部负责调换）

中文摘要

在全球化浪潮与当代中国社会转型的合力作用下，原本就在西风东渐中飘摇的文化身份变得更加模糊，社会个体乃至民族国家都面临着文化身份的确认、传承与更新，由此产生的焦虑和迷思引发了关于当代中国文化身份建构问题的思考与追问。

21世纪的第一个10年，北京奥运作为具有里程碑意义的重要事件，成为重新建构中国文化身份的契机。在媒介传播的意义范畴中，文化身份的建构与媒介意义生产之间具有互文性，奥运传播既承载着民族复兴的激昂，也反映出当代中国社会权力话语关系的交织。

本书以奥运传播作为开放和延续的社会现实场域，以文化身份的建构为研究主题，力图呈现文化身份维系与更新的动态话语体系，从预置因素、主导模式与协商模式三个部分对文化身份建构的"主导——协商"模式进行结构分析，其中贯穿着社会建构的观点与文化研究的思想。

文化身份的建构受到相应的时代语境、主体文化身份期待和建构原则的制约，本书的第一章将其概括为文化身份建构的预置性因素，由时代背景入手，将奥运在中国的文化传播历程与近现代以来中华民族对文化身份的追寻相联系，阐述奥运传播与当代中国文化身份建构问题相互"嵌入"的现实语境。在此基础上，对文化身份建构的主体性进行分析，指出文化身份中存在集体与个体两个层面的双重主体，并将主体对文化身份的期待视野分为自我期待、发展期待和交往期待三个方面。进而以文化身份主体的双重性为主线，论述文化身份建构的两大原则，即在身份认知中遵循他者逻辑并依赖于主体的媒介使用。

第二章结合北京奥运的传播实例，着眼于文化身份的集体层面，从增强社会凝聚力、寻求主流意识形态合法性与重建当代中国文化形象三方面论述以民族国家为代表的文化共同体在文化身份建构中的目标指向，通过媒介事件中的意识形态传达、议程设置与铺展、媒介仪式的情感机制与集体记忆书写四个方面阐释官方话语的实践形式，归纳奥运传播中文化身份建构的主导模式，并将当代中国文化身份的主导建构与奥运周期中的危机治理相结合，论述主导话语在文化身份建构过程中的危机——调适机制。

　　第三章与第二章相呼应，着眼于文化身份的个体层面，论述个体文化身份在奥运传播中呈现出以文化协商为特点的媒介图景，新型媒介空间的出现缩短了社会权力距离，媒介融合使得个体的媒介使用方式发生变化，个体文化形象更加多元与具象。在奥运传播中，观看式参与、对媒介意义的解读以及新媒介平台的身份表达构成个体文化身份建构的协商话语方式。在日渐生长的公共话语与日常话语空间中，替代性文化共同体的浮现使得个体文化身份呈现出与国家主导的集体文化身份之间的整合态势，文化身份建构中的协商话语与主导话语共同构成当代中国文化身份建构的主导——协商模式。

　　关键词：文化身份；建构；奥运传播

Abstract

In the wave of globalization and contemporary Chinese social transformation, the cultural identity becomes fuzzier, which results the anxiety and myth about the construction of the cultural identity. The social individuals, even the whole nation, have being encountered the confirmation, inheritance and updating of the cultural identity.

In the first decade of the 21st century, the Beijing Olympic Games, as a landmark- event, has offered an opportunity to reconstruct the cultural identity of the contemporary China. The Olympic communication not only carries passionate national rejuvenation, also reflects the intertwined power discourse relations. In the realm of media research, there is an intertextual relationship between the construction of cultural identity and media meaning production. This thesis selects the context of Olympic communication and the construction of contemporary Chinese cultural identity as the specific research target and the actual research boundary; analyzes the "dominant - negotiatory" model with the attempt to present the dynamic discourse system in the cultural identity.

This thesis builds the "dominant - negotiatory" model of the constructing of cultural identity from the following three parts: preset factors, the dominant model and negotiation model, with the social constructivism and cultural research thoughts.

The construction of cultural identity corresponds with historical context, cultural identity expectations and the constructive principles, which combines the preset elements. The first part starts from the historical background, associating the Olympic movement and the construction of cultural identity in China. On the basis, the collective and individual subject is elaborated, pointing out the two layers of double subject and the three aspects of cultural identity: self expectation, development expectation and communicating expectation. Then, it analyses the constructing principles, which follows the otherness logic and depends upon the subject's media-use.

The second part is focus on cultural identity of collective levels. The nation, as a representative of the cultural community identity, aims to enhancing social cohesion, seeking the mainstream ideology legitimacy and reconstructing cultural image. The dominant model lies in the four aspects of the official discourses – the ideology interpretation in media event, agenda-setting and agenda spread, emotional expression in media rituals and collective memory writing. Besides, this part also summarizes the crisis - adjustment mechanism, which combines the construction of cultural identity and the crisis management in the Beijing Olympic cycle.

The third part echoes with the second one, focusing on the individual level of cultural identity. It discusses, in the Olympic context, the individual cultural identity is emerging new media graphic, which could be regarded as the characters of cultural negotiation: the emergence of new media space making the social power distance shortened, media integration making individual media-using modes changed, and the diverse individual cultural images making Chinese cultural images concrete. Nevertheless, the construction of individual cultural identity lies in three aspects: watching-participating approach, interpretation of the media meaning and the new media platform for identity conveying. In the space of increasingly growing public discourse and daily discourse, the emergence of alternative cultural community shows the integration trend between the individual cultural identity and the collective cultural identity.

Key words: cultural identity; construction; Olympic communication

目　　录

绪 论

"人类是不能离开身份生活的"[1]，文化身份的追寻是人类世界永恒的话题，"只要不同文化的碰撞中存在着冲突和不对称，文化身份的问题就会出现"[2]。生活中每个文化身份都是一个集合，而集合交汇之处，恰是自身所在的坐标。我们凭借这些坐标找寻位置，确定身份，把握关系，调试生活，如果说每颗心灵都是一个世界，那么文化身份就是心中的定海神针。

1897年，保罗·高更创作了一生中最大的也是他认为最有意义的一幅油画，名字叫"我们从哪里来？我们是谁？我们往哪里去？"，其中浸润着前人在世纪之交时对文化身份的困惑。百年后，这种焦虑丝毫未减，又加上更为宏大的全球化浪潮，先进的通讯和交通工具压缩了现实的时间与空间，浪头来得如此之快，以至于我们刚刚觉察便已被裹挟着置身其中。随着文化的全球流动，这些集合与坐标在不停地变化，身份也在不断地游移，社会个体甚至于民族国家都自觉或不自觉地在大波浪中腾挪跌宕。多元文化经由媒介传播在同一时空之中碰撞与激荡，必然引发关于文化身份的更大迷思与追问，它存在于我们周围，渗入进我们的生活，因而也就进入了我们的研究视野。

第一节 研究选题与立意

一、研究选题

本研究受到斯图亚特·霍尔关于文化身份研究的启发。霍尔从自

---

[1] （荷兰）佛克马，（荷兰）蚁布思. 文化研究与文化参与[A]. 俞国强，译. 北大学术讲演丛书（第三辑）[M]. 北京：北京大学出版社，1996：142.

[2] （英）乔治·拉伦. 意识形态与文化身份——现代性和第三世界的在场[M]. 戴从容，译. 上海：上海教育出版社，2005：194.

身经验出发，意识到我们今天所谈的全球化问题以及在各种文化语境下社会变迁和跨民族文化的重要性，20世纪以来，跨越疆界、国家、民族、地区的流动、移居、放逐和迁徙，今天则可以视为对全球化时代文化身份迷惘的素描。于是，文化研究的工作也可广义地理解为描绘或重新定义主体的位置，即寻找合适的文化身份。正如安德鲁·埃德加和彼得·塞奇威克在《文化理论的关键概念》中说："就文化研究要考察个体与群体在其中建构、解决和捍卫自己的身份或自我理解的各种语境而言，身份问题对于文化研究来说至关重要。"[3]

无论从"在地视角""民族视角"还是"全球化视角"出发，"所有人类社会都由一系列整合机制所维系而得以在时间中存续"，文化作为一种社会整合的力量，"将境遇、背景各不相同的个体和家庭结合到一个集合体中，在这个集合体中，人们形成了强烈的相互认同，获取基本的意义，并找到了情感的满足"[4]。这种整合在文化身份意义上体现为一种建构的过程，同时，文化身份的建构也是社会文化整合得以实现的具体表征。

文化身份是个非常复杂的概念，它是一种多维多层的分析视角，能够容纳差异、矛盾与变化，不过，它总是与特定的历史和社会语境有关，必须将"整体"意义上的文化身份的演变轨迹与具体历史发展阶段的时空格局联系起来，才能避免用抽离历史和社会特殊性的话语抽象化地建构文化身份的概念。本研究选取当代中国文化身份的建构问题作为具体的研究指向和实际的研究边界，试图以奥运传播作为开放和延续的社会现实场域，以文化身份的建构为研究主题，分析奥运传播视角下中国文化身份维系与更新的动态话语体系。

二、研究立意

文化身份是"通过传播被协商、共同创建、强化并受到挑战的"[5]，这一点在传播学研究中已是共识，但是文化身份问题在现实生

---

[3] 周宪. 中国文学与文化的认同[M]. 北京：北京大学出版社. 2008：5.

[4] （美）戴安娜·克兰. 文化社会学：浮现中的理论视野[M]. 王小章，郑震译. 南京：南京大学出版社. 2006：17－18.

[5] 玛丽·简·科利尔. 《理解跨文化传播中的文化身份：十步调查目录》，载于（美）拉里·A·萨默瓦，理查德·E·波特. 文化模式与传播方式：跨文化交流文集[M]. 麻争旗，译. 北京：北京广播学院出版社. 2003：30.

活中的普遍性也带来了具体研究操作中的困难——面对宏大的命题如何寻找一个适合的切入口——这也是本研究的最初动机。

（一）全球化时代的文化身份是一个普遍命题

作为历史上最早关注全球化现象的思想家和理论家，马克思和恩格斯早在《共产党宣言》中就颇有预见性地描述了资本主义从原始积累到大规模的世界性扩张的历史发展过程。指出，由于资本的这种全球性扩张属性，"它必须到处落户，到处创业，到处建立联系"[6]。在数百年资本全球扩张的历史进程中，一方面通过代理人或中介机构推销他们的产品，推广他们的文化和价值观念；另一方面，则在当地"本土化"的过程中逐渐形成一种介于中心和边缘之间的"全球本土化"的变体。这实际上就是全球化时代文化传播的双向不平衡流动，它并不是简单的强势文化对弱势文化的施压和渗透，也并非弱势文化对强势文化的抵抗和反渗透。这样充满着螺旋往复的"文化和价值观念"互动，随着"历史向世界历史转变"[7]，模糊着以往清晰的以地缘和血缘为主要标识的文化身份，也推动着文化身份的维系与更新。

后殖民主义理论家霍米·巴巴[8]曾提出"混杂"概念，用于描述"族裔散居"[9]带来的多元文化共生中的身份问题，"文化彼此流动并混合起来。通过移民、媒体传播等方式所形成的文化的运动越多，那么，混杂便越普遍，直至我们拥有一个混杂的世界，从文化角度看，它与经济全球化进程是一致的。这种情况所以会发生，是因为文化的本质就在于彼此流动，它们源自各自分离的源头，但却产生了混合，不过仍

---

[6]（德）马克思，恩格斯. 共产党宣言[M]. 北京：人民出版社，1966：27.

[7] 马克思在早期著作《德意志意识形态》中提出的观点。

[8] 霍米·巴巴（Homi K. Bhabha）1949年出生在印度孟买，现任（2008年）哈佛大学英美文学与语言讲座教授。巴巴是当代著名的后殖民理论家，与萨义德（Edward Said）和斯皮瓦克（Gayatri C. Spivak）一起被誉为后殖民理论的"圣三位一体"。其主要批评著作有《文化的定位》以及他主编的《民族与叙事》等。

[9] 族裔散居理论(dia-soracriticism)是在经济全球一体化背景下发展起来的一种社会、文化和经济的跨学科理论，主要研究身份政治、归化、双重意识等问题。作为文化研究与文学研究中极为重要的一个术语与概念。马丁·鲍曼曾论述，"族裔散居一词在语义学的拓宽，不仅使其与任何分散的人群相关，而且使其概念化为一种特定类型的意识，这使得'族裔散居'成为二十世纪末学术界最为流行的术语之一"。

保持其本原的种种特性"[10]。文化身份研究之所以会最先在美国兴起，就同美国移民社会的文化流动背景密切相关。最初，北美作为英国和法国的殖民地，由欧洲迁居了许多白人，形成了后来美国以欧洲文化尤其是清教徒文化为主的文化氛围。之后，在美国移民政策的吸引下，世界各地的大批移民不断涌入美国，带来了各地各种不同的民族文化，从而形成了多元化的美国文化。但是，欧洲白人文化仍然在美国文化中占有重要地位，直到20世纪五六十年代民主运动兴起，美国的黑人文化和其他少数族裔文化才逐渐进入主流社会视野。在这种情况下，文化身份问题变得非常复杂：一方面是白人主流文化对个体的不断熏染；另一方面是个体民族文化背景的固有存在，个体文化身份确定过程往往变成了两种或多种文化的冲突与选择。

第二次世界大战后，大规模的移民潮和族裔散居现象越来越引人注目，而今文化的全球流动业已超越空间的散居，文化混杂带来的焦虑并不只在"生活在第一世界的第三世界知识分子"[11]中存在。按照哈贝马斯的观点，文化身份危机是一种文化弱势中的极限状态，"逾此极限，则一个系统将无法既解决难题又不失其自性"[12]，即由于对不同文化产生认同，人们对自我身份、角色的认知变得模糊混乱，不知道或不清楚"我是谁"，原来清楚的认知，现在变得模糊了；一直以来深信的意义和价值，现在被怀疑了；一直以来对自我身份角色充满自信，现在惶惑了……"我们"与"他们"边界不再清晰，"我"与"我们"也不再天然地重合。

对于有着数千年文明沉积的中国社会，多元的视域交织与文化杂糅让隐藏在无意识深处的民族记忆与所接受的多元文化发生冲突与融合，加上社会转型期的社会分层与发展不平衡现象，文化身份危机"不仅是知识分子的深度困惑，也是不容回避的现实问题"[13]。作为一种客观现象和时代发展的必然，文化身份危机并不全是负面的，从"危机"字面含义来说，它既是危险，也代表机遇，它丰富了人们对世界的认知，也

---

[10] 周宪. 文学与认同：跨学科的反思[M]. 北京：中华书局，2008：230.

[11] 指的是出生在第三世界国家但在第一世界国家中接受教育或长期生活的知识分子。参见王宁. 叙述、文化定位和身份认同——霍米·巴巴的后殖民批评理论[J]. 外国文学，2002（6）：53.

[12] 张海洋. 中国的多元文化与中国人的认同[M]. 北京：民族出版社，2006：251.

[13] 高文惠. 库切——混杂文化身份的承载者[M]. 南宁：广西师范大学出版社，2006：204.

为各民族国家吸收异文化优秀因子，实现本民族文化身份的传承与更新提供了重要的机遇。

（二）奥运传播为当代中国文化身份的研究提供了合适的分析概念

在多元文化杂交的时代，关注具体时空范围内的文化身份需要一个现实语境、一个直观切口。"在全球化的背景下，整合性的、寓于一地的生活方式已不再可能，不同地方、文化间相互影响的程度正日益增加，意义正跨越地界和国界，影响地方的生活方式"。[14] 当代德国哲学家雅斯·贝尔斯曾提出"轴心时代"观点，认为第一个轴心时代经过历史流变而产生不同的文明和文化艺术流派——在西方产生柏拉图、亚里士多德等思想大师，而东方产生了孔子、孟子和老子等思想文化大师。当今世界正进入第二轴心时代，文化的冲突碰撞必然要产生文化的交汇融合，西方文化相对于东方文化是人类整体文化的一极，亦不可能成为中心。如果按照上述"轴心时代"的历时性划分来观照奥运会的发展历程，可以发现，奥运会脱胎于第一个轴心时代西方对生命价值的终极追求，复兴于第二轴心时代全球文化交流碰撞的时代背景。奥运会是20世纪人类文明的全球化进程中的典型事件，伴随着漫溯与跃动，奥运会跨越重洋，进行着奇妙的环球旅行。现代奥林匹克的全球传播充满了文化身份的冲突与变迁，它所到之处无不激起多元文化的碰撞、交流与整合，它既是文化冲突与融合的媒介场域，也是文化冲突与融合的产物。作为西方文化的典型代表，奥运会无论是古代源起还是现代复兴都是欧洲文明的产物，但是在适应了现代信息传播媒介手段与传播方式之后，在完成了东京1976——首尔1988——北京2008的亚洲旅行之后，在荷载过无数东西方经典文化符号之后，奥林匹克反映出人类传播活动中文化身份建构的复杂性。

（三）奥运传播呈现出当代中国文化身份建构的话语方式

"全球化和本土化两种看似对立的倾向所以会是相生相伴同时出现，乃是因为两者关联围绕着双重轴心：一是空间轴，它体现为本土与

---

[14] 费瑟斯.通过威廉斯的文化定义的评价和修正[A].见：石义彬，熊慧，彭彪.文化身份认同演变的历史与现状分析，中国媒体发展研究报告2007年卷[C].武汉：武汉大学出版社，2007:183.

外部世界之间的相关性；另一是时间轴，它呈现为本土的当下(现代)与过去(传统)的相关性"[15]。全球化时代，文化身份在某种程度上也是民族国家基于自身现实处境，为争取平等和公正而采取的一种政治策略和文化策略。奥运传播是在社会文化整合中的多重动态话语体系，我们可以从中观察媒介传播在不同社会主体及权力话语之间进行整合的不同方式，体会各种方式之间的相互影响和调适。

与此同时，奥运传播也是跨文化传播的一种较为集中的表现形式。从中不难发现，全球化的文化流动所形成的开放秉性与国家的疆界封闭和权威垄断之间形成了极大张力。媒介技术的快速推进和媒介融合的演变以及经济全球化的急剧扩散，打破了民族国家的相对封闭性，在传媒呈现的主流意识形态之外，日常生活中还有很大一部分隐藏话语，它与国家主导话语之间形成一种文化协商。个体可以凭借媒介的使用，对主导话语所生产的媒介意义进行自觉的解读和意见的表达。以奥运传播为例，普通人在日常生活层面对奥运的关注与个体奥运经验的书写，同样是建构文化身份的一种文化力量。法国学者帕特里克·米尼翁[16]就认为当代体育盛事是和官方历史一样重要的"20世纪的私密历史"[17]。也许个体的声音与强大的国家话语相比，显得零散、平淡与飘忽，但是"在大波浪之下的海底鱼儿们游水的身姿也值得注意"[18]。

在一个流动不居、不确定和差异增加的时代，寻找身份成为一种需要。"个人是为了保持自己意识的连续性，国家是为了保持公民的团结一致，民族是为了自己文化的延续。"[19]在这个多元的文化空间中，观照文化身份的视角也是多重的。社会学研究中常常用结构主义的方法将人类社会分为微观（社会个体及家庭）、中观（群体及民族国家）和宏观（全人类）三个层面，这种划分既对应于中国传统文化中"家——国——天下"的文化视野，也呼应于文化身份研究中人文主义、民族主义与世界主义的价值情怀。人文主义是奥运会最初的价值诉求，民族主

---

[15] 周宪. 文学与认同：跨学科的反思[M]. 北京：中华书局，2008：226.

[16] 法国国家体育运动学院(INSEP)社会学家。

[17] （法）埃里克·麦格雷(Eric Maigret). 传播理论史——一种社会学的视角[M]. 刘芳，译. 北京：中国传媒大学出版社，2009：197.

[18] 吴飞. "空间实践"与诗意的抵抗——解读米歇尔·德塞图的日常生活实践理论[J]. 社会学研究，2009（2）：181.

[19] 韩震. 韩震论文选[M]. 北京：中华书局，2009：273.

义是支撑民族国家参与奥运会的政治基础，世界主义则在奥运周期的轮回中呈现为全球化进程中不同文化之间同化与抗争的现实矛盾。因而，本研究将个体协商话语与国家主导话语一同视为文化身份建构中的主要话语方式，关注奥运传播中当代中国的国家主导话语如何通过媒介意义的生产进行文化身份的建构，同时作为社会个体又如何在意义的接受与解读中经历文化身份的冲突与协商。

第二节　关键词及相关研究综述

一、关键词

（一）文化身份：一个建构性概念

身份并非是给定的，而是"在与他者不断的互动关系中所进行的一种自我身份与认同的设计、调整与改动过程"[20]。霍尔将文化身份综合的定义为"一种共有的文化"[21]。按照霍尔的定义，文化身份至少可以有两种不同的描述形式。

第一种描述形式针对文化身份的共性。它"反映共同的历史经验和共有的文化符号，给作为一个民族的我们提供在实际历史变幻莫测的分化和沉浮之下的一个稳定、不变和连续的指涉和意义框架"[22]。这是文化身份能够在不同的历史阶段、面对变幻莫测的外部环境得以不断确认的前提，也是彰显民族文化特质的基础。这与安东尼·吉登斯将身份作为"一种思维方式"[23]的提法相类似，关注的是既有稳定性又有变动性的构成因素（阶级、性别、国别、年龄、性、种族、道德、政治立场等）在异质文化冲突中的嬗变及其组合。

第二种描述则强调了文化身份的多元性。在现实生活中，文化身份

---

[20]　（英）安东尼·吉登斯. 现代性与自我认同[M]. 赵旭东，方文，译. 北京：生活·读书·新知三联书店，1998：58.

[21]　Hall, S. (1992). The Question of the Cultural Identity. London: Policy Press. p. 275.

[22]　（英）斯图亚特·霍尔. 文化身份与族裔散居[A]. 见：罗钢，刘象愚. 文化研究读本[M]. 北京：社会科学文献出版社，2000：209.

[23]　陶家俊. 文化身份的嬗变[M]. 北京：中国社会科学出版社，2003：78.

不仅是个体拥有的特质的集合，还涉及个体或群体对自身及所处环境的认知模式，是一种在"社会化"和"文化适应"[24]的过程中以具体社会情境和文化语境为参照逐步规划自我的能力、态度和行为方式的过程；并且由于文化身份中各项指标的动态性与流动性，具体的建构过程与方式也不尽相同。类似的提法还有乔治·拉伦在《意识形态与身份——现代性和第三世界的立场》中从现代性的角度论述了从现代性到后现代型思潮流变中的身份问题，文化身份"是使某个群体的成员或某类人区别于另一群体的成员或另一类人的集体思想编程"[25]。

可见，文化身份同时具有固有的"特征"和理论上的"建构"之双重含义，"通常人们把文化身份看作是某一特定的文化特有的、同时也是某一具体的民族与生俱来的一系列特征"[26]。文化身份是人们在一个民族共同体中长期共同生活所形成的对本民族最有意义的事物的肯定性体认，其核心是对一个民族的基本价值的认同。在时间维度上，文化身份既是存在又是变化的问题，它不能脱离既有的文化现实而存在，也就是说，文化身份的建构过程存在着预置的文化因素；在空间维度上，文化身份既是集体的也是个体的，这两种话语方式同时在文化身份中发挥作用。

首先，通过差异建立文化身份。雅克·拉康将身份视为"主体与他者"的对立行为。在他看来，"他者"不仅仅指其他人的人，而且也指陌生的场合。"主体"（自我）的独立离不开"他者"，"主体"（自我）既要向"他者"妥协，得到"他者"的承认，又在与"他者"的对抗中，满足自我被承认的愿望。而维系"主体"（自我）与"他者"之间关系的就是差异。布尔迪厄也强调"只有在处于危机中时，在假想的确定、一致和稳定的事物被怀疑、被不确定的体验取代时，身份才变得至关重要"[27]。

[24] 由三位人类学家拉德菲尔德、林顿和赫斯科维茨（Redfield，Linton，&Herskovits，1936)首先提出。20世纪70年代以后的心理学家仅仅是对个体的文化适应策略稍做区分，就发现了整合(intigration)、同化(assimilation)、分离(separation)和边缘化(marginalization)四种文化适应策略。

[25] （美）约翰·M·伊万诺维奇，罗伯特·康诺帕斯基，迈克尔·T·马特森. 组织行为与管理（原书第七版）[M]. 邵冲，苏曼，等译. 北京：机械工业出版社，2006：46.

[26] 王宁. 文化身份与中国文学批评话语的建构[J]. 甘肃社会科学，2002（1）：4.

[27] （法）波德里亚. 消费社会[M]. 刘成富，全志刚，译. 南京：南京大学出版社，2000：52-53.

其次，文化身份的建构性使其无法脱离具体的"情境"而独立存在。格里高利·斯通就认为身份是个体在情境中所获得的一种意义，并且随着情境的变化不断进行调整。这一概念将身份与社会关系联系起来，因为情境本身就是由个体对其在社会关系中的参与和成员身份的认知所形塑的。戈夫曼在《污名：关于被损害了的身份管理笔记》一书中继续分析了情境中的自我，并将之用于对被污名化的群体的研究，分析他们如何呈现或试图隐藏被污名化的自我。戈夫曼将身份进一步细分为社会身份、个人身份和自我身份，利用这种区分将"污名"定义为"特性与刻板印象之间的一种特殊关系"。

最后，文化身份的建构性强调的是一种多元的身份观念，它是对传统的固定身份观念的超越。即便如此，文化身份的建构性在相对固定的传统社会内部关系中同样能够得到体现。例如，福柯通过对话语、知识与权力关系的研究，认为现存的社会机制、话语、秩序、学科知识等，都不是自然而就，而始终是建构的结果。具体到身份问题，福柯认为，"欧洲17、18世纪所谓的'疯子'就是社会建构起来的，社会通过对一部分人的命名（'疯狂'）和处置（建立疯人院），建构一个与之对比的'他者'，完成另一部分人身份的自我确认（精神健全者、理智者）"[28]。由此可见，身份可以作为统治阶级建立的社会意识的一部分很好地维护了统治阶级的自身利益；同时它也成为那个社会的统治性的意识形态而覆盖于被统治阶级，从而成功地延续了传统社会的等级秩序。需要指出的是，文化身份的建构性并未否认传统的意识形态性和稳定性，而是更侧重于将文化身份问题看作是一种持续不断的建构过程。这一动态的定位过程恰好证明了文化身份的建构性——身份在历史、文化和权力的关系网络中建构而成，随着时间、空间的转换而流动、演变，并与多重文化相互牵制。

（二）奥运传播：一个分析概念

广义来说，奥运传播是社会文化传播的一种，它在很大程度上与体育与传播的关系范畴相重叠，是"人们在通过设置体育运动情境进行符

---

[28]　陈庆祝. 九十年代中国文论转型：接受研究的视角[M]. 北京：中央编译出版社，2009：152.

号意义的分享，在互动的基础上进行意义的生产与创造"[29]。在传播学研究中，奥运传播就是通过社会主体大众媒介进行意义生产的一种具体表征，它既是传播媒介也是传播内容，既是传播过程也是传播系统，构成了一个高度开放的社会亚文化空间，呈现出不同社会主体在与奥运相关的媒介意义生产过程中进行文化身份建构的动态话语方式，也为我们提供了一个可供比照现实文化身份迷思的"分析概念"。

本研究认为奥运传播并非只是信息处理与流通的技术及实体，而是涵盖"社会传播或交流的工具以及沉淀于这些工具并通过这些工具所表现出来的符号交往的形式和常规"[30]，折射出现实语境中的各种权力关系，它们在文化身份建构中冲突、协商与整合的复杂联系构成了富有张力的研究空间。在这一意义之上，奥运传播兼具工具理性与交往理性，它既是不同文化之间相互交流的载体和媒介，也蕴含着人类文化互动的交往方式与价值规范，折射着历史进程中社会的演变与发展。奥运传播这一"分析概念"为中国文化身份的建构问题提供了一个多维空间，从历时性的角度来说，奥运传播像一部史诗，伴随着百年来中华民族对文化身份的追寻；从共时性的角度来说，奥运传播像一面镜子，映射出转型时期中国文化身份的维系与更新。

二、文化身份研究中与奥运传播相关的几个视角[31]

同许多文化研究问题一样，文化身份与奥运传播的相关研究也是在界定基本概念的同时展开了宽泛的跨学科研究，其间不乏如今备受争议的嫁接式"理论建构"，这也是研究必经的发展过程。

（一）大众媒介研究视角

现代媒介手段对于奥运传播的重要性不言而喻，特别是在电视转播/直播技术打破了时间与空间界限之后。20世纪70年代之前，由于电

---

[29] Pedersen, Paul Mark. Miloch, Kimberly S. Laucella ,Pamela C. (2007). Strategic sport communication，Human Kinetics. p. 90.

"Sport communication is defined as a process by which people in sport, in a sport setting, or through a sport endeavor share symbols as they create meaning through interaction. "

[30] 潘忠党. 传播媒介与文化：社会科学与人文学研究的三个模式[J]. 现代传播—北京广播学院学报，1996（5）：16.

[31] 这些研究视角并不是截然分开，在具体的研究实践中通常是多种视角相互结合。

视这一媒介终端的稀少，通过电视屏幕观看奥运会的比赛是不折不扣的"视觉奇观"[32]。随着媒介技术的发展、家庭媒介终端的普及以及劳动者闲暇活动的增加，体育赛事的现场直播逐渐成为日常生活的常态[33]，也引发了媒介传播形式与奥运会的发展模式之间相互关系的重视。英国学者Gary Gumpert与Robert S. Cathcar合著的《Inter/media: interpersonal communication in a media world》（《跨媒介：媒介世界的人际传播》，笔者译，下同）[34]，曾提到跨媒介技术在体育与人际交流中的影响，主要分析了电视转播对传统体育竞赛观看习惯的改变以及由此产生的人际交往方式的变化。美国学者劳伦斯·温勒尔主编的《Media, Sports and Society》（《媒介、体育与社会》）[35]中提到体育运动对于美国价值观的确立与扬基精神的发扬有积极意义。这类最初研究只是将奥运会作为典型体育赛事，从媒介——体育——社会的宏观结构主义视角关注新的媒介传播手段与不断更新的媒介传播格局对人们参与奥运会（或曰体育运动）的交往形态影响，身份问题则处于半隐性状态。

随着媒介技术对社会生活的全面渗透，20世纪90年代以来关于奥林匹克与媒介传播的研究越来越重视奥运会作为"媒介事件（或超级媒介事件）"的意义，奥运会在媒介在现中获得意义，个体则在媒介赋予的意义中以各种方式感受奥运，找寻适合自己的价值坐标。

法国学者丹尼尔·戴扬在著名的媒介事件理论中论述："对电视的节日性收看，即关于那些令国人乃至世人屏息驻足的电视直播的历史事件"早已超越了体育赛事的范畴，成为"历史的现场直播。"戴扬将媒介事件划分为3C类型：加冕（庆典）（Coronation）、征服（Conquest）与竞赛（Contest），并将奥运会划为竞赛类的媒介事件[36]。这一观点在奥运传播的研究中被广泛引证并申发，媒介事件的脚本——竞赛、征服、加冕在作为"媒介事件"的奥运中兼而有之。"大众被电视媒介邀

[32] 丁华民，志敏. 奥林匹克全书[M]. 哈尔滨：哈尔滨出版社，2009：7.

[33] Nixon, Howard L. (1984). Sport and the American dream. New York: Leisure Press. p. 67.

[34] Gumpert, Gary. Cathcart, Robert S. (1979). Inter/media: interpersonal communication in a media world，Oxford University Press. p. 11.

[35] Wenner, Lawrence A. (1989). Media, Sports and Society，Sage Publication. p. 243.

[36] （美）丹尼尔·戴扬，伊莱休·卡茨. 媒介事件[M]. 北京：北京广播学院出版社，2000.

请，共同加入到这一盛大的节日之中，人们享受全程参与赛事的体验。在这种"竞赛、征服、加冕"的过程中，大众感受到竞技体育不断进取、追求完善的拼搏精神，获得欢乐与美的享受，同时领悟到许多人生哲理。"[37]

（二）民族主义与意识形态视角

全球化消解了天然的边界，强势的他者给文化的自我形塑提供了一个参照，催生了民族化、一体化，刺激了区域化。20世纪90年代以来，以民族主义为核心的区域文化反制伴随着弥漫全球化而成为席卷世界的潮流，民族主义的文化身份意识正成为另一种形式的全球化。

米歇尔·舒德生在《文化和民族社会的整合》一文中明确指出，"利益、主权与认同"基础上建立起来的民族国家是"过去二百年中世界上占主导地位的人类社会类型"[38]，民族、民族国家与奥运会有着天然的联系。民族主义视角的研究广泛接受了将民族国家作为"想象的共同体"[39]的观点——民族主义复杂的非线性演化过程对奥运会的发展产生着深刻的影响，导致了现代奥运在全球发展中呈现出丰富多彩的图景；奥运会不断地对民族主义演进所带来的影响主动地加以调适，寻求自身的可持续发展。一方面，当民族主义被界定为以民族意识为基础的纲领和理想，任何文化要素如价值观、行为规范、制度、民俗，都可能为民族主义提供文化与符号资源，作为政治意识形态和社会运动的民族主义不遗余力地发挥控制力与整合力，将触角伸向任何可能的领域（例如体育竞赛）；另一方面，奥运会被视为国际关系的缩影和行动者，成为国家力量和平角力的独特舞台，而且在历届奥运周期中主动寻求民族国家的资源支持（也包含作为负面意义的联合抵制），提供民族主义和国际主义"并蒂"的价值理想。

1984年洛杉矶奥运会成功的商业化运作之后，以奥运会、世界锦标赛等为代表的全球化媒介事件的传播，全面开启了体育运动作为国际

---

[37] 麻争旗.体育直播的文本和意义[C].周亭.奥林匹克大传播学研究[M].北京：中国传媒大学出版社，2009：20.

[38] （美）米歇尔·舒德生.文化和民族社会的整合[C].（美）戴安娜·克兰主编..文化社会学：浮现中的理论视野[M].王小章，郑震，译.南京：南京大学出版社，2006：17.

[39] （美）本尼迪克特·安德森.想象的共同体：民族主义的起源与散布[M].吴睿人，译.上海：上海人民出版社，2003.

文化影响力的重要指标的传奇，其中最有代表性的研究议题便是国家形象（本研究认为国家形象的塑造也是中国文化身份建构的话语层次之）。在奥运传播与文化身份的研究中，这一类的成果数量庞大，不过总体来说，都体现主流意识形态话语，秉承一以贯之的原则——从根本上来说，国家形象都是为特定时期的国家外交战略目标服务的，而每一时期的国家战略目标又都是以当时的社会主流意识或者说国家的核心价值观为出发点的。例如，《跨文化传播与申奥片的国家形象建构》一文以奥运会申办宣传片作为分析对象，分析在全球化的语境下，隐藏在视觉文化传播中的后殖民主义、民族主义等意识形态对构建国家形象的作用[40]。《全球性媒介事件与国家形象的建构和传播》则从全球性媒介事件的理论角度入手，分析北京奥运会在"绿色奥运""科技奥运"与"人文奥运"三个方面建构的新时期中国国家形象[41]。

总体来说，通过选择性地将各种社会文化因素，如语言、宗教、种族、文化传统、民俗等重新排列组合国家形象，这种选择性恰恰反映出文化身份的建构性特征。奥运会以国际竞赛划分自我与他者，以集体文化和精神的联系来排斥和抵抗异己的力量，以国际体育竞争形式出现的奥运会打破了狭隘民族主义的封闭性，以民族运动员的伟大业绩和升国旗、奏国歌等仪式演绎满足了个人对归属感的深层需求，从而使得集体性忠诚和集体行动成为可能。正是基于强大的民族精神的感召力，文化身份才得以成为一种社会整合因素，并赋予奥运传播以意识形态的合法性。

（三）文化批评视角

除了直观体现民族主义思想的国家形象研究，文化身份的话语表达还涉及有关媒介文本的意义的生产与解读的文化批评视角。

这类研究以20世纪30年代以来的批判理论和战后出现的后现代文化思潮为理论来源，带有较强的思辨色彩。皮埃尔·布尔迪厄在电视批判的研究中认为"电视通过奥林匹克盛会的全球化，对各种不同的影响加以传播，诸如各国鼓励可获得国际声誉的项目的体育政策出台，对比赛的胜利在经济上和象征力上加以利用"，"电视演播的种种限制对奥运

---

[40] 汤筠冰. 跨文化传播与申奥片的国家形象建构[D]. 上海：复旦大学，2008.

[41] 李凯. 全球性媒介事件与国家形象的建构和传播[D]. 上海：复旦大学，2005.

会项目及比赛时间、地点的选择，甚至对比赛和有关仪式的程序也有着越来越大的影响"[42]。

为了更好地阐释奥运传播中的多维文化现象，文化人类学的仪式理论也被援引到"奥运仪式"的研究中。奥运作为仪式性的媒介事件，从传播内容方面促成了大众传播的仪式性，从传播形式方面促成了大众传播仪式的再次仪式化，从而促成受众的连续收视行为，特别是奥运期间的超常规收视行为，强化其仪式功能，使受众拥有共享信仰而获得的满足和安全感。同时，奥运和媒体的这种共谋直接导致奥运的"去仪式化"[43]，仪式和民族国家组织场景之间的转化，歌颂、强化了民族国家的整体感以及分类权力的秩序。

安德鲁·比林斯在他的系列研究中将奥运会称为"最大的电视真人秀"[44]，而传媒则成为"超级媒介事件中的讲述者"，它通过赛场内外的信息生产着庞杂的媒介意义，将参赛运动员标上了不同的身份标签，而民族性格、种族关系、性别特点、时代背景等都在一系列文化身份的二元张力[45]中得到体现。此外，比林斯将性别文化身份研究视为文化研究视角中重要一部分，主要围绕奥运中性别（女性）形象的媒介呈现以及性别话语蕴含的社会权力关系等女性主义思潮中常见议题。如《An Agenda That Sets the Frames: Gender, Language, and NBC's Americanized Olympic Telecast》（《议程设置新闻架构：性别、语言和NBA式的美国奥林匹克电视转播》）[46]一文就对NBC关于2008年北京奥运会的体操、跳水、游泳、田径和沙滩排球五个大项的赛事转播进行文本分析，讨论体育传播的议程设置对社会性别呈现的不同影响。

[42] （法）皮埃尔·布尔迪厄. 奥林匹克运动会——分析题纲[C]. 布尔迪厄. 关于电视 [M]. 许钧，译. 辽宁：辽宁教育出版社，2000：101-102.

[43] 李春霞，彭兆荣. 奥运会与大众传媒关系的仪式性分析[J]. 体育学刊，2006（11）：21-24.

[44] Billings, Andrew C. (2008). Olympic media: inside the biggest show on television, Routledge Critical Studies in Sport, Abingdon, Oxon; New York, NY: Routledge. P22.

[45] Billings, Andrew C. (2008). Olympic media: inside the biggest show on television, Routledge Critical Studies in Sport, Abingdon, Oxon; New York, NY: Routledge. P18.

[46] Angelini, James R. Billings, Andrew C. (2010). An Agenda That Sets the Frames: Gender, Language, and NBC's Americanized Olympic Telecast, Journal of Language and Social Psychology, September 2010; vol. 29, 3: pp. 363-385. first published on May 10, 2010.

（四）跨文化传播视角

奥运会的时间周期性与地点流动性同文化身份的建构性相结合，使得这一研究本身就带有鲜明的跨文化特质。《Television and the construction of identity: Barcelona, Olympic host》（《电视与身份建构：作为奥运东道主巴塞罗那》）将巴塞罗那奥运会的典型文化符号划分为"巴塞罗那城市文化——西班牙加泰罗尼亚地区文化——西班牙国家文化—地中海文化——欧洲文化"5个层次，对1992年巴塞罗那奥运会中电视媒介建构的文化身份的内涵进行了分层结构分析[47]。

这类研究在历届奥运会的研究中都有体现，如《Maori Sport and Cultural Identity in Australia》（《毛利体育运动与澳大利亚文化身份》）分析了悉尼奥运会中典型毛利文化符号的选择[48]，《Impact of the Seoul Olympic Games on national development》（《汉城奥运会对国家发展的影响》）概括了汉城奥运会对韩国社会发展的文化影响力[49]，通过案例分析和符号学的方法，结合具体的时代语境将典型的文化符号及意义进行梳理，赋予不同民族或地区文化以更大的时空包容力。

北京奥运会之后，有西方学者认为"世界的发展正向东方倾斜"[50]，亚洲特别是东亚地区的文化在东西方文化的交流中受到格外的关注，文化身份中常见的比较方法也从传统的东西方二元对立的思维方式向着跨文化传播的多元视角转换。例如，大卫·罗维就认为西方主导文化的这种"力量的平衡"[51]由于一系列原因正受到怀疑，这些原因包括亚太地区在新型经济增长力量推动下的经济发展，西方体育传播媒介市场的枯竭，东方逐渐凸现的潜在市场和消费结构，亚太地区战略性地运用媒介体育事件和设施以及亚太地区主要体育国家地位的提升。但是这个深刻变化的证据并没有呈现一种一致、清晰的趋势，而是有些混杂不清。

---

[47]　Moragas, Rivenburgh & Garcia (1995). Television and the construction of identity: Barcelona, Olympic host.

[48]　Bergin, Paul. (2002). Maori Sport and Cultural Identity in Australia，The Australian journal of anthropology. Wiley Online Library.

[49]　Chŏng-gi Kim. (1989). Impact of the Seoul Olympic Games on national development，Korea Development Institute.

[50]　尼尔·弗格森. 世界向东方倾斜的10年[J]. 金融时报，2010.

[51]　（澳）大卫·罗维：《21世纪媒介体育的东西方平衡》，转引自2007亚洲传媒论坛，资料来源：http://news. sohu. com/20070912/n252109444. shtml

三、中国文化身份问题的相关研究

资本的世界性扩张带来的全球文化流动使文化身份逐渐成为聚集了众多矛盾、争论和复杂性的问题领域，文化身份问题也被赋予了多学科的解释力。从不同学科领域出发有关身份/认同[52]的研究成果主要归为以下几类："国际政治学领域关于国族以及政党身份认同；文学领域从后殖民主义以及文化研究的角度关于文化身份认同；哲学领域关于主体和认同的探讨；社会学领域关于性别、种族、阶级、亚文化群体等少数群体认同以及消费认同；人类学领域关于族裔身份认同；教育学领域关于认同领域的教育研究。"[53]正因为文化身份问题的研究具有宽泛的理论背景，因而在传播学领域中讨论文化身份问题同样需要在永恒与流变的语境中发掘可操作的问题，找到合适的路径。这也证明了本研究选择在奥运传播与当代中国文化身份建构的这一组关系命题中探讨文化身份问题是具有实际的研究边界和具体研究指向的论题。

在传播学领域中，国内有关文化身份/文化认同的研究主要从三个方面展开：

结合时代语境分析文化身份的内涵，注重在新的媒介环境中描述文化身份的变化。这类研究关注文化身份问题纵向的演变，侧重于理论的归纳与阐述。在《文化身份认同演变的历史与现状分析》[54]中，就以后现代语境中的身份问题作为理论来源，梳理文化身份认同的内涵、来源和多重性，强调与文化身份认同相关的主要因素，如世界格局、民族国家形态、社会价值观念等正在发生变化，尤其是在数字时代与全球化的媒介语境中，文化身份认同正在呈现"去疆界化""日益混杂"和"多元化"的趋势。陆晔在《媒介使用、社会凝聚力和国家认同——理论关系的经验检视》一文中提出过一个问题：受众的媒介使用行为是否会对他们在国家认同的不同维度上产生作用呢？已有的少量直接针对受众的实证研究显示，"若是针对具体的热门事件，受众的媒介使用会对这种

---

[52]　由于翻译的原因，身份identity在很多文献中被译为认同，不过笔者认为，所谓认同应该是identification即身份建构的过程。

[53]　刘燕. 后现代语境下的认同建构[D]. 浙江：浙江大学，2007.

[54]　石义彬等. 教育部人文社科重点研究基地重大项目研究"数字时代的全球媒介传播与文化身份认同研究"报告[A]. 见：中国媒体发展研究报告 2007年卷[M]. 武汉：武汉大学出版社，2007：182-204.

显性表征的民族主义产生直接的影响。但是，对于辨识和选择自己为中国人，并且从普遍意义的心理和情感上赞同与支持中国的隐性表征的民族主义，大众媒介则需要通过个体的信息接受方式、头脑复杂度、知识和人际沟通模式而产生间接的作用"[55]。在《后现代语境下的认同建构》[56]一文中，文化认同作为观察诸多后现代文化现象中大众媒介的作用与影响的交汇点，反映出"非地域社会群体的兴起"与传统认同的衰微，认为国族认同的重构是后现代语境中文化认同的落脚点。

以中国社会转型中的传者身份作为研究的主题，将身份作为一个"分析工具"，阐述当代中国媒体的文化身份。例如，《媒介身份论——中国媒体的身份危机与重建》[57]中就围绕着当代中国媒体的双重属性特点，论述中国媒体在新闻改革与市场化程度加深中，过去"高度的政治统一性"面临着断裂与身份重建，而媒体身份的"双重认同失败"更是加剧了媒体的身份危机，因而需要在媒介组织与职业角色中重建中国媒体身份的平衡。这类研究侧重于社会功能——角色视角，秉承新闻传播学中的社会责任思想，论述中国媒体在面临身份危机时应该如何进行重建，旨在更好的实现媒体在社会生活中传播功能。

从具体的媒介使用入手，将文化身份问题放置到某一种传播现象中进行描述与阐释。例如，《迷与迷群：媒介使用中的身份认同建构》[58]就以美剧网上迷群作为研究对象，通过案例分析与文本研究分析迷群实践活动中的自我认同与"多重边界"的群体认同建构。这类研究偏重于人际传播与信息技术的结合，体现出日常生活中个体媒介使用对具体信息接收、解读与意义的再生产之间的循环关系。

文化身份研究的视角较为驳杂，究其原因便是文化身份中多重主体话语的相互交织，因而对具体场域中文化身份问题进行分析时应把握不同主体层面对媒介意义生产与解读方式的不同以及由此产生的文化身份建构方式的不同。在这个媒介无处不在的时代，媒介技术发展以及它所

[55] 陆晔. 媒介使用、社会凝聚力和国家认同——理论关系的经验检视[J]. 新闻大学，2010（02）：16.

[56] 刘燕. 后现代语境下的认同建构[D]. 浙江：浙江大学，2007.

[57] 邱戈. 媒介身份论——中国媒体的身份危机与重建[M]. 北京：中国传媒大学出版社，2008.

[58] 邓惟佳. 迷与迷群：媒介使用中的身份认同建构[M]. 北京：中国传媒大学出版社，2010.

引发的相应的制度变迁在某种程度上可以充当研究中的线索性话语，可以用来描述文化身份在传承与更新中的时代背景，特别是在媒介整合态势下，文化身份既要面对异质文化的冲击与社会转型的不确定性，又不能忽视社会个体在媒介使用中对文化身份建构的能动协商。

第三节　研究框架与研究路径

身份不是根，乃是果实，其重要特征是"成为"，而不仅仅是"是"[59]。也就是说，身份处于形成和塑造的过程之中，而不会保持目前稳定不变的现状，更不会"永远固定于某个本质化的过去"。在媒介传播的意义范畴中，文化身份并不是简单的"通过由媒介或技术渠道传输的产品或语言和图像而被创造出来的"[60]，文化身份的建构与媒介意义生产之间具有互文性，二者都不能离开具体的时代背景与相应的社会主体对媒介的使用及解读。

一、主要研究框架

本书以奥运传播作为开放和延续的社会现实场域，以文化身份的建构为研究主题，力图呈现文化身份维系与更新的动态话语体系，从预置因素、主导模式与协商模式三个部分对文化身份建构的"主导——协商"模式进行结构分析。

第一章由时代背景入手，将奥运会在中国的文化传播历程与近现代以来中华民族对文化身份的追寻相联系，阐述奥运传播与当代中国文化身份建构问题相互"嵌入"的现实语境。文化身份的建构受到相应的时代语境、主体文化身份期待和文化身份建构方式的制约，上述三者概括为文化身份建构的预置性因素，并由此展开对奥运传播与当代中国文化身份建构问题的论述。在此基础上，对文化身份建构的主体性进行分析，指出文化身份中存在集体与个体两个层面的双重主

---

[59] 斯图亚特·霍尔语，刘岩. 多元文化背景下的文化身份焦虑[A]. 见：刘岩等. 后现代语境中的文化身份研究[M]. 北京：凤凰出版社，2008：19.

[60] 玛丽·简·科利尔. 理解跨文化传播中的文化身份：十步调查目录[A]. 见：拉里·A·萨默瓦，理查德·E·波特. 文化模式与传播方式：跨文化交流文集[M]. 麻争旗，译. 北京：北京广播学院出版社，2003：30.

体，并将主体对文化身份的期待视野分为自我期待、发展期待和交往期待三个方面。进而以文化身份主体的双重性为主线，论述分析文化身份建构的两大原则，即在身份认知中遵循他者逻辑并依赖于主体的媒介使用。

第二章着眼于文化身份的集体层面，论述以民族国家为代表的文化共同体在文化身份建构中的目标指向，通过媒介事件的意识形态传达、媒介议程的设置与铺展、媒介仪式的情感机制与集体记忆的书写四个方面阐述官方话语的实践形式，归纳出文化身份建构的主导模式，并将当代中国文化身份的主导建构与奥运周期中的危机治理相结合，归纳主导模式中文化身份建构的危机——调适机制。

第三章与第二章相呼应，着眼于文化身份的个体层面，论述个体文化身份在奥运传播中呈现出以文化协商为特点的媒介图景，新型媒介空间的出现缩短了社会权力距离，媒介融合使得个体的媒介使用方式发生变化，个体文化形象更加多元与具象。在奥运传播中，观看式参与、对媒介意义的解读以及新媒介平台的身份表达构成个体文化身份建构的协商话语方式。在日渐生长的公共话语与日常话语空间中，替代性文化共同体的浮现使得个体文化身份呈现出与国家主导的集体文化身份之间的整合态势，文化身份建构中的协商话语与主导话语共同构成当代中国文化身份建构的主导——协商模式。

二、主要研究方法

文化身份是一个汇集的领域，其理论来源几乎涉及当代媒介研究的各个领域。在对具体问题的阐释和观点的表达上，以下方法及其运用始终贯穿全文。

（一）社会建构的理论观点

本研究以文化身份的建构问题作为主要的关注对象，将社会建构理论引入文化身份的建构分析。

伯格和卢曼的《现实的社会建构》的发表使社会学者们意识到，"他们所研究的对象并非是一种客观的经验现实，而是一种社会建构"[61]。社

---

[61] （美）戴安娜•克兰. 文化社会学[M]. 王小章，郑震，译. 南京：南京大学出版社，2006：8.

会建构论研究取向认为，社会生活中许多被我们理所当然地认为是客观的或是必然的东西，实际上是通过社会关系和社会行为而"建构"起来的。伯格和卢曼的社会建构思想被延伸至传媒文化领域，它对社会角色及其(有关阶级、性别、种族、民族、国家等的)身份建构的研究意义重大。

按照建构理论的观点，社会现实是以解释过的事实（而非客观事实）呈现自身的，而对社会现实的解释在很大程度上就是在不断建构着新的社会现实。作为一种方法论，社会建构思想更加注重对社会生活过程、社会行动的意义阐释及符号权力等社会生活构成性质的研究。这点恰好与文化身份的建构性相一致，无论个体或集体的文化身份建构都是一个动态的历史建构过程，其中暗含着时间上的梯度，往往和当时的社会语境以及思想意义传输的媒介传播方式直接关联。

任何社会问题需要经历一个时间过程才能获得足够的支撑，建构主义用"社会问题生命周期"的概念来描述这一过程。社会问题的生命周期是指社会问题活动在一定时空框架内表现出来的动态的模式特征，它被用来具体描述和解释作为个案的某一个社会问题的成长历程，它在社会公共空间的出现、鼎盛、消失的不同阶段；同时考虑社会问题成长环境（制度环境、技术发展等）中不同社会主体的介入及其所发挥的影响力量。本研究将北京奥运作为一个周期性的事件，分析其中媒介意义生产、传播与解读中对个体及群体的文化身份的承托与限制，以期清晰地勾勒出不同层面的主体在奥运传播这一动态过程中身份建构的动景。

（二）文化研究的情境分析

早期的媒介效果研究偏重与量化分析的实验方法，通过剥离人们与其现行日常生活的联系，并使其处于可控制的实验环境中，实际上隔离了相应的社会语境。文化研究理论强调传播意义的社会生产，关注社会情境中媒介意义的生产和解读过程，因而传播学领域的文化研究是一种倾向于阐释性的理论。文化身份并非我们这个时代特有的迷思，但是为什么它会成为当代文化研究中一个突出的问题，还是需要从现实语境入手分析其流变的大致脉络。深入某种语境会使我们为所有事物设想最终统一性的光亮与意向，意义从这种统一性中汩汩流出。

不过，文化研究的情境分析也经历了方法论的转变。早先的文化研究源自英国的伯明翰学派，代表人物有斯图亚特·霍尔、理查德·霍加特和雷蒙德·威廉斯，他们的研究以"都市劳工阶级的文化为研究对象，把文学的'文本'拓展到日常生活方式与生活意义的创造之中，关注社会情境互动与集体经验的塑造"[62]。但是，历史语境的变化，将阶级身份作为研究对象的单一视角，使伯明翰学派的文化研究被认为是"与过时的、局限的、僵化的、阶级反映的身份观念紧密相关，已经无法回应后现代群落流动的、暂时的、异类的生活方式和状态"[63]。

文本的多样性、差异性使文化研究领域研究阐释范围延伸至意识形态、权力、认同、社会结构(诸如种族、性别、族群)等方面，也汲取了社会学、人类学、心理学等学科的理论资源。

本研究在分析奥运传播中媒介意义对文化身份建构的影响中主要遵循了文化研究的两种路径：第一是文本分析。在观点的论证和表达过程中运用了阐释学的方法，对不同主体文化身份建构中的话语方式进行文本分析。第二是人文科学的理论阐释。将与社会建构理论相关的一些论述，如文化人类学的思想（如格尔茨的文化阐释学、马林诺夫斯基的结构功能主义等）、社会学思想（如戈夫曼的形象管理理论、库尔特·勒温的群体动力理论、哈贝马斯的公共领域学说）、传播学研究成果（如二级传播、议程设置理论、媒介仪式研究）等，作为本研究在理论应用层面上的知识背景。

（三）传播研究的历史分析

传播的变革和新媒体的持续发展，让人们更强烈地感受社会变迁，传播技术的发展也是导致社会关系的改变和造成社会变迁的重要因素。无论个体或群体的认同构筑都是一个动态的历史建构过程，主体文化身份的建构往往和当时的社会语境以及思想意义传输的媒介传播方式直接关联。其中暗含着两条历史性的线索，一是中国社会转型的时代背景；二是媒介技术发展的过程。旨在强调不同社会形态及当时占主导地位的媒介传播形式及其传播属性在对人类时空感知观的改变，围绕奥运传播中的文化现象，将技术和社会变迁与日常经验的变迁联系在一起，涉及文化语境分析、权力话语与意识形态分析等，将文化身份建构问题放置

[62] Jane Stokes. 媒介与文化研究方法[M]. 黄红宇，曾妮，译. 上海：复旦大学出版社，2006：4.

[63] 王晓路. 文化批评关键词研究[M]. 北京：北京大学出版社，2007：70.

到具体的社会情境之中,以"描述+阐释"的方式"关注个人与社会群体如何运用媒介来创造和培育构筑我们日常生活的文化形态"[64]。

(四)案例研究方法

案例研究法是定性研究的重要组成部分,"适合对现实中某一复杂和具体的问题进入和全面的考察;通过案例研究人们可以对某些现象、事物进行描述和探索;还可使人们建立新的理论,或对现存理论进行检验、发展或修改"[65]。罗伯特·K·殷将案例研究法分为"探索性、解释性、描述性"[66]三种类型,具有针对性、描述性、启发性和归纳性。"案例研究总是针对某一特定情况、时间、计划或现象,因此它是研究实际现实问题非常好的方法;其最终成果是对研究对象的详细而具体的描述;使人们更好地认识被研究的问题;绝大部分案例研究依靠的是归纳推理"[67]。本研究更多地采用了描述性和解释性案例研究,将北京奥运作为当代中国文化身份建构问题的一个有针对性的案例,通过奥运传播中现象的描述分析文化身份建构的主体特征与话语方式,并按照归纳逻辑逐渐深入,阐释集体和个体层面文化身份建构的理论模式。

[64] (美)斯坦利·巴兰,丹尼斯·戴维斯. 大众传播理论:基础、争鸣与未来[M]. 曹书乐,译. 北京:清华大学出版社,2004:223.

[65] 孙海法,朱莹楚. 案例研究法的理论与应用[J]. 科学管理研究,2004(1):27.

[66] (美)罗伯特·K·殷. 案例研究:设计与方法(第3版)[M]. 周海涛,译. 重庆大学出版社,2004:5.

[67] (美)罗杰·D·维曼,约瑟夫·R多米尼克. 大众媒介研究导论[M]. 金兼斌等,译. 北京:清华大学出版社,2005:138.

第一章　奥运传播中当代中国文化身份建构的预置性因素

文化身份的建构中存在多元的预置性因素，这些预置因素就像遗传密码，带有先验性，它们凭借共同的文化理解，经由日常生活点滴投射到社会个体的头脑之中；尽管文化流动带来的冲突、碰撞与整合对这些预置性的因素产生冲击与影响，但是总有一些属于民族记忆或曰民族性格的文化表征在文化身份建构中发挥着先入为主的作用。

第一节　奥运视角中当代中国文化身份建构的时代语境

一、文化身份问题在奥运传播历程中蕴含的多重矛盾

只有面临危机，身份才成为问题[68]。现代奥运会像一个舞台，在全球巡演中展现出诸多现实的身份困惑。古代奥运会绵延千年，却局限在古代雅典城邦文明的范畴之内，随着古代希腊文明的衰落而中断。文艺复兴运动打破了欧洲中世纪的压抑[69]，奥运会在西方社会朝向现代化的发展中重新站上历史舞台。现代奥运会以超越民族文化边界的现代化价值理念为引领，同时也在周期性轮回中展示着不同民族的文化特征。

（一）现代化与民族文化结合发展的助力

现代奥运复兴之初，工业革命以摧枯拉朽之势横扫全球，在给社会带来巨大进步的同时，也将民族矛盾激化到前所未有的程度。现代奥

---

[68]　邵培仁等. 媒介理论前沿[M]. 杭州：浙江大学出版社，2009：161.

[69]　公元2世纪后，基督教统治了包括希腊在内的整个欧洲，倡导禁欲主义，主张灵肉分开，反对体育运动。公元393年罗马皇帝狄奥多西一世宣布基督教为国教，认为古奥运会有违基督教教旨，是异教徒活动，翌年宣布废止古奥运会。15世纪开始，教育家们开始提倡幸福和健康的生活方式。约翰•洛克的"绅士教育"提出德、智、体全面发展的理念，让——雅克•卢梭建议透过游戏进行教育，17世纪之后体育逐渐成为欧洲现代教育的重要组成部分。

运会的初衷与民族复兴的期盼密切结合。顾拜旦在倡导奥运之时，法国在普法战争（1870～1871年）中战败的耻感尚未散去，顾拜旦希望通过改革教育，增强民众体质来振兴法国——"德国人发掘了奥林匹亚的遗址，可是法兰西为什么不能着手恢复她古代光荣的历史呢？"[70]不过他并未将奥林匹克定位于狭隘的民族文化竞争，他认为："奥运会能给全世界的青年提供一个兄弟般幸福见面的机会，消除种族间的仇恨，把文明的国家从野蛮的种族奴役中拯救出来，从而促使全人类的和平。"[71]

但是，在19世纪末的传统地缘政治思维下，不同文化背景的人们难以理解奥林匹克思想，对接受奥运会这种国际性的文化还缺乏必要的思想准备；贫穷和战争使得大多数国家与民族挣扎在生存线上，根本无暇顾及以体育赛事作为形式的奥运会。因而，试图遵循着一定的时间周期在世界各地举办大型综合性国际运动会，让体育运动服务于各国人民，服务于世界和平，这种带有空想性质的努力若要成功，奥运会的普世精神必然要与民族文化的发展相结合才能找到合适的生存空间，这种折中的选择一直延续至今，奥运会成为传播民族文化的世界舞台。历届奥运会的主办国家都不约而同地选择在奥运会的舞台上展示现代化的本民族特色文化，如雅典奥运会与古希腊文化、巴塞罗那奥运会与地中海文化、悉尼奥运会与毛利文化等。实践证明，这样折中的方式既满足了承办国家文化竞争的目的，又保证了奥运会的存续与发展，奥运会成为世界范围内现代化进程与民族文化结合发展的助力。

（二）政治斗争与意识形态交锋的阵地

1894年，在巴黎召开的国际体育会议通过了第一部《奥林匹克宪章》，确立奥运会的宗旨是"通过没有任何歧视，具有奥林匹克精神——以友谊、团结和公平精神互相了解——的体育活动来教育青年，从而为建立一个和平的更美好的世界做出贡献"[72]。正是因为奥运会的独特作用，国际奥委会前主席布伦戴奇曾明确表示"体育与政治无关"。但事实上，自现代奥运会诞生以来，几乎每一届奥运会都没有避免当时国际政治形势和政治斗争的影响。意识形态的政治交锋历来是奥

---

[70] 罗俊. 奥林匹克之父顾拜旦[N]. 人民日报海外版, 2005, 3（25）: 12.

[71] 出自顾拜旦1894年雅典演说, 即后来的《奥林匹克宣言》。

[72] 参见《奥林匹克宪章》"奥林匹克的宗旨"。

运会发展中的敏感话题，其中最有代表性的便是与奥运会相关的各类抵制[73]，尤其是国家层面上的政治抵制，使奥运传播面临文化身份的分裂。一方面，随着奥运会在全球的开展和奥林匹克精神的普及，它成为各国文明与文化对话与交往的论坛；另一方面，国家利益的竞争以及随着产生的政治博弈使奥运会一度被意识形态斗争所胁迫，成为国家之间政治利益冲突的筹码。

1956年墨尔本奥运会上，夏季奥运会第一次在国家层面上被抵制[74]，随后的几届奥运会中，都上演了大规模的政治抵制。为了抗议对黑人运动员的种族歧视，大多数非洲国家宣布拒绝参加1976年蒙特利尔奥运会。1980年美国联合北约国家抵制莫斯科奥运会，中国、以色列和沙特阿拉伯等国也因为苏联入侵阿富汗拒绝参加莫斯科奥运会，最终只有80多个国家参加了莫斯科奥运会。接下来的1984年，前苏联在奥运圣火点燃的当天宣布联合部分东欧国家抵制洛杉矶奥运会。在这几届奥运会上，官方宣布抵制奥运会的国家仍有部分运动员以个人名义参赛，但在开幕式和闭幕式入场式上，打出的不是本国国旗，而是奥林匹克的五环旗，这些国家运动员在获得金牌时奏响的也不是本国的国歌，而是奥林匹克会歌。类似的官方抵制在20世纪90年代冷战结束后便鲜有发生，政治斗争与意识形态的交锋在奥运传播中逐渐隐蔽与缓和，文化冲突和商业利益的矛盾渐渐明显。

（三）文化传播与商业利益的舞台

虽然奥运的精神价值早已在全球范围内获得广泛认同，但是现代奥运会自1896年创立以来，很长时间内偏重于强调体育精神、人文精神，短短16天左右的赛事，曾经给不少举办城市带来了沉重的财务负担。1976年第二十一届加拿大蒙特利尔奥运会亏损9.97亿美元，所欠债务十多年后才得以还清；1980年的第二十二届莫斯科奥运会因为受到抵制亏损更大，总耗资达90亿美元。筹办奥运会的经费困难以及冷战时期的政治危局使得现代奥运会长期面临存续与否的生存难题。20世纪70年代开

---

[73]　又译为杯葛（boycott）。

[74]　因为苏伊士运河危机，埃及、伊拉克和黎巴嫩宣布不愿和英法两国同时出现在奥运赛场，拒绝参加1956年奥运会；荷兰、西班牙和瑞士三国为抗议苏联镇压匈牙利暴乱，也宣布拒绝参加。

始，由于媒介技术的发展，现场直播开始成为观看奥运赛事的常态，1976年在加拿大蒙特利尔举办的第21届奥运会上就有约15亿人收看了通过卫星转播的比赛实况。这一电子信息技术的革命使奥运会开始了真正意义上的全球传播，也为奥运改革提供了契机。时任国际奥委会主席的萨马兰奇主持了国际奥委会的改革，引入了赞助和转播体制，扩大了奥运会的收入来源，逐渐克服了奥运会的生存危机。1984年洛杉矶奥运会，奥组委在政府财政零投入的情况下，通过"以奥运养奥运"的商业化运作，最后赚取了2.25亿美元的纯利润，实现了奥运历史上第一次赢利[75]。

从那时开始，奥运会也在象征文化多样性与文化对话主义的光环下，开始充满矛盾的对商业利益进行不断地妥协与纠正。如1988年汉城奥运会的许多比赛本应在下午或晚上进行，但为满足电影广播权最大买主美国电视广播公司（ABC）的要求，组委会将比赛移到早晨以顺应美国东部电视的黄金时间。这种移动在其后的历届奥运会上都有出现；同时，国际奥委会也采取若干控制措施，坚持在奥运会比赛场地及其上空不准进行任何形式的广告宣传的原则，保证使商业化能按照有利于奥运会发展的轨道前进。

二、中国文化身份在奥运传播中的本土语境

作为一项知识使命，文化身份的迷思与中国百余年来的文化之辨相契合，它经历了从"边缘文化身份"经由"混合文化身份"，再到"新建的文化身份"的历程，其中贯穿着中国近现代以来对民族文化复兴与国家强盛的追求，"在相对孤立、繁荣和稳定的环境里，通常不会产生文化身份的问题。身份要成为问题，需要有个动荡和危机的时期，即有的方式受到威胁。这种动荡和危机的产生源于其他文化的形成，或与其他文化有关时，更加如此"[76]。奥运会在中国的传播恰好与这一历程同步，从一个奇特的角度反映出中国对文化身份的追寻。

---

[75] 奥运会的收入主要来自四个方面：一是媒体收入（即转播权的出售），二是现场门票收入，三是来自各级赞助商的收入，四是标识衍生所产生的收入（如吉祥物和各种周边产品的开发）。

[76] （英）乔治·拉伦. 意识形态与文化身份[M]. 戴从容，译. 上海：上海教育出版社，2005：194-195.

（一）文化身份的被边缘

1840年以来，中国的现代文化取向摇曳在中学与西学之间，一直存在着主体文化身份的争论[77]，"传统与现代"的文化变迁往往是以"中国与西方"的形式表现出来，它产生于对中国古典文化的反思与改良、对帝国主义束缚和蹂躏的抵抗以及对西学东渐的适应与演变，诚如季羡林先生所说："从十九世纪末叶以来，我们就走上了西化的道路……中国从清末叶到现在，中间经历了许多惊涛骇浪，帝国统治、辛亥革命、洪宪窃国、军阀混战、国民党统治、抗日战争、解放战争，一直到中华人民共和国建立后的社会主义初级阶段，我们西化的程度日趋深入。"[78]在半殖民地半封建社会，西化的日趋深入也使得中国长期处于文化入超的被动境地，文化身份日趋边缘化。这种文化身份的被边缘伴随着近代中国民族民主革命进程，在中国的奥运传播历程中也留下了深刻的民族记忆。

1894年雅典奥运会之前，清政府曾收到国际奥委会的邀请，但当时的中国社会风雨飘摇，国人对于一场欧洲举办的大型运动会根本无暇顾及。1904年，我国的报纸对美国圣路易斯奥运会有过报道，体育运动被认为是"强国强种"的手段引起了中国教育界的关注，梁启超在《新民论》中说："四万万人而不能得以完整之体格，其人皆为病夫，其国安不得为病国。"因此，提出近代"勇武刚强，乃中国第一急务"的口号。张伯苓曾在演讲中建议中国参加1908年在伦敦举行的第四届奥运会，随后在基督教天津青年会的协助下，南开大学放映了当时刚刚结束的伦敦奥运会的幻灯片，这段时期的呼吁被记入《天津青年》，形成了后来有名的"奥运三问"[79]。1928年，《上海申报》援引路透社的电讯稿每日报道阿姆斯特丹奥运会的新闻，并将Olympiad译为"我能比呀"，在民国时期掀起了短期的体育竞赛热潮。1931年，中华全国体育协进会被国际奥委会正式承认，成为奥林匹克大家庭的一员。但是1932

---

[77]　近代中国的文化启蒙过程中关于中西文化进行了四次论争：19世纪30年代洋务派与顽固派的论争、19世纪末维新派与顽固派的论争、20世纪初革命派与保皇派的论争以及20世纪早期新文化运动中尊孔复古派与倡导新文化运动的科学民主派的论争。

[78]　季羡林. 关于传统与现代化问题笔谈[J]. 北京大学学报，1989（3）.

[79]　"奥运三问"：中国什么时候能够派运动员去参加奥运会？我们的运动员什么时候能够得到一块奥运金牌？我们的国家什么时候能够举办奥运会？

年，刘长春作为"四亿人的唯一代表"参加洛杉矶奥运会之时，"吾国民族精神颓靡，号为东亚病夫"[80]的境况也没有多大改变。国民政府时期，政府资助参加了1936年柏林奥运会与1948年伦敦奥运会，但由于国内连年战乱，这两次参赛的财政危机远大于比赛成绩。1945年9月日本投降后，中华全国体育协进会一致同意申办1952年第十五届奥运会，委托张伯苓和王正廷负责向政府接洽，当时的国际奥委会委员董守义负责草拟了《请求第十五届奥运会在中国举行案》并获得国民政府的认可。这是中国历史上第一次正式申奥，却因内战的紧张局势而不了了之。

在长期的贫弱之后，中国的文化自信越来越单薄，中国文化身份在极不平衡的东西方文化交流中遭到放逐，被边缘的文化身份带来了巨大的民族危机感，传统的中国文化身份遭遇空前的危机，这种危机并未随着新中国的成立而结束，而是呈现出文化身份混合的局面。

（二）文化身份的混合

新中国的成立改变了半封建半殖民地的社会面貌，奥林匹克伴随着中国特色社会主义道路的探索，在不断的自我确认中经历了文化身份的混合，其中贯穿着社会主义制度下中华民族文化振兴的主线，也反映出文化的现实冲突与融合。

新中国成立之初，冷战的铁幕两侧是资本主义与社会主义两大阵营的对立，在冷战思维下，中国文化身份受到意识形态话语的左右。1956年墨尔本奥运会之前，新中国开展了大规模的奥运选拔，但是由于国际奥委会只承认台湾的国民党政府为合法政权，中国在奥运会召开前两周宣布拒绝参加墨尔本奥运会。此后，由于冷战、美苏争霸及台湾问题，新中国与国际奥委会关系中断，媒体充分报道新兴力量运动会，在报道中表现出国家与国际奥委会冲突的立场，排斥对正面奥运信息的传播，奥运会的相关报道成为充满意识形态对立的话语。例如，1952年《人民日报》《光明日报》等综合性大报刊发新华社稿件，如《爱德斯特隆拒绝我国参加第十五届奥运会，我全国体育总会秘书长荣高棠等提出抗议》《赫尔辛基集会庆祝奥运会闭幕——中苏两国代表团的参加使本届运动会有了新的意义》等，对敌对势力的阴谋及中国政府的立场进行报

---

[80] 程志理，薛雨平. 奥林匹克文化教程[M]. 南京：江苏教育出版社，2007：169.

道，政治意味浓厚。

在阶级斗争思想主导下，文革期间的极左思潮，视一切西方的东西为"具有腐蚀性的资产阶级的东西"，奥运会也被视为其中的一部分，被有意无意的拒绝或曲解。那一时期我国的奥运传播具有单一的集体政治话语与宣传的功能指向，将奥运会等世界赛事作为政治表态的窗口，关注意识形态的统一，强调体育竞赛应服从并服务于国家荣誉。

以《人民日报》1952年赫尔辛基奥运会至1980年莫斯科奥运会期间的报道为例，奥运赛事在中国基本处于缺席状态。即使是新中国参赛的1952年赫尔辛基奥运会期间，《人民日报》也仅仅刊登33条奥运消息，其中，关于苏联代表团和运动员的报道就达到21篇，如《奥运会苏联选手得分继续占先》《苏联优胜运动员介绍》等，旨在强调社会主义制度的优越性。在中国和国际奥委会断绝关系时的1960年罗马奥运会和1968年墨西哥奥运会期间，《人民日报》没有刊登任何奥运会信息。1964年东京奥运会之前，《人民日报》于5月25日刊登新闻，"十三个阿拉伯国家抵制奥运会是英勇行动，它体现了亚非人民和新兴力量的伟大团结"，"国际奥委会垄断国际体育活动，阻挠亚非体育事业发展，已堕落为美帝国主义的政治工具"。同年6月22日，《人民日报》又有一篇报道："我体总揭露布伦戴奇玩弄'一个中国、一个台湾'的新把戏 任何制造'两个中国'阴谋必遭彻底粉碎。"[81]由于苏联入侵阿富汗，中国对1980年莫斯科奥运会采取了抵制态度。莫斯科奥运会期间，《人民日报》刊登了大量关于莫斯科奥运会、苏联代表团的负面报道，如《在抗议苏联侵阿气氛中 莫斯科奥运会开幕》《苏联抢夺奥运会金牌不择手段》《芬兰读者指出在莫斯科没有奥林匹克精神》等。

这种意识形态主导一切的"文化身份缺席"现象一直持续到20世纪80年代初。由于文化身份中本身就包含着民族共同体的情感诉求，因而当奥运传播中对立的意识形态渐渐淡去，民族意识便自然而然方地得到了强化。1979年，中国进入社会主义建设新时期，中华人民共和国奥委会的合法席位也在国际奥委会得以恢复。1984年洛杉矶奥运会上，中国重新加入奥林匹克大家庭，取得了奖牌榜第四名的好成绩，实现了奥运

---

[81] 周进. 新闻奥运：中国媒体眼中的奥运百年[M]. 北京：中共党史出版社，2008：134-137.

金牌"零的突破"。1984年奥运会上，由于中国选手在金牌上的突出表现远远超出了赛前的预计，中央电视台紧急修改报道计划，从原定每天转播40分钟，增加到每天转播4小时，其目的就是要在全国掀起一场学习奥运英雄、振奋民心、激发爱国主义热情的高潮。从那时开始，中国的奥运会与举国体制密切结合，运动员的奖牌（特别是金牌）数量成为民族自信心的重要指标，奥运冠军也被赋予了民族英雄般的神话气质，民族主义思想成为文化身份中的突出因素。

（三）文化身份传承与更新

中国进入社会主义建设新时期以来，传承与更新逐渐成为文化身份建构的现实指向。

在经历了长期的被边缘与混合之后，原有文化身份的传统意义模糊。近现代长期的"西学东渐"，曾令东方精神世界意义失落，20世纪20年代以来，中国翻译输入了10.68万册西方书籍，而西方世界仅翻译了1000多册中国书籍[82]。20世纪80年代中国打开国门，惊奇地发现自己与发达国家之间，在科学技术、经济文化、社会建设等方面的巨大差距。这种弱势心态，激发了中国的民族自觉意识。一方面，我们强调中国文化是当今世界上唯一未曾中断的文化形态，"纵有千古，横有八荒"[83]，文化资源极为丰富；另一方面，20世纪的民族危机与意识形态的激烈斗争使得中国的文化身份断裂，现代文化影响力远远弱于经济影响力，中国文化的象征资本严重滞后，因而需要借助文化身份的传承接续传统与现代、东方与西方之间的意义隔阂。

经过30多年的改革开放，中国社会主义市场经济格局基本确立，支撑意识形态大一统局面的经济基础已经改变，由此引发的生活方式的变化，精神文化需求多元化。在面对社会转型期间的众多不确定与矛盾冲突时，文化身份的解释力降低，社会成员对于自身的定位越来越迷惘，从而减弱了社会内部的文化凝聚力。经济全球化所带来的资本、技术、人才、知识、信息等生产要素跨国界的流动与配置在不同程度上裹挟着各种文化和价值观的改变，文化"混杂"带来多元文化共生中的身

---

[82] 王岳川. 发现东方与中国文化输出，转引自爱思想网——王岳川专栏。资料来源：http://www. aisixiang. com/data/2420html.

[83] 语出梁启超《少年中国说》。

份问题，生活方式多元化是现代社会对个体的一种解放，同时也是一种负担，我们必须面对生活方式的冲突[84]。20世纪80年代以来的所谓信仰危机、文化危机就是这种身份迷惘的现实表现，无论是集体还是个体，都意识到在文化浪潮中自我定位是关系到社会长远健康发展与个体幸福感的重要问题，于是中国社会开始有意识地动员有效的文化因素，进行文化身份的更新。

　　这种更新需要经济基础、政治氛围和文化心理的相互配合。改革开放以来中国经历了几个与奥运相关的时间节点——1990年北京成功的举办了第十一届亚洲运动会，"开放的中国盼奥运"成为1991年开始的第一次申办奥运会的主题口号；1993年第一次申奥失败；1998年开始第二次申奥；2001年申奥成功；2008年北京奥运会成功举办。与之几个时间点相对应国内生产总值（GDP）分别是1990年2.18万亿，1993年3.53万亿，1998年8.44万亿，2001年10.96万亿，2008年30.06万亿。这组数据清楚地反映出中国经济的飞速增长，经过连续多年的经济高速增长，财富的积累使得中国有能力对文化事业进行大规模的财政投入。此外，在经济发展、生产方式变革的同时，中国也在进行着政治生活的变化，政府的管理方式正在由统治逐渐转向治理，开始看重文化的象征力量，因而中国政府在长达十余年的时间内不遗余力地进行奥运会的申办、筹备及举办工作，目的就是通过奥运将对内的文化凝聚与对外的交往改善结合起来，掌握文化身份建构的主动权。

　　综上所述，中国文化身份由边缘到混合再到传承与更新的变化既体现出全球进程中民族文化的自觉与自省，也反映出社会转型期文化身份在诸多层面的现实冲突，它们构成了当代中国文化身份建构的时代语境。

第二节　奥运传播中文化身份建构的主体期待

　　文化身份与一般意义上的身份的不同之处在于它不仅是基于血缘的个体家族辨识，也是基于一个具有价值向心力的文化共同体。在对文化身份的焦虑中，如何清晰地看待自己，才可能真正进入文化身份的建

---

[84]　（德）沃尔夫冈·查普夫. 现代化与社会转型[M]. 北京：社会科学文献出版社，1998.

构。在文化身份建构中存在着多重主体，他们的文化身份相互重叠，分享着共同的价值维度和身份期待。

一、文化身份主体的多重性

文化身份建构中不能回避主体的身份问题。在马克思主义观点看来，特定历史阶段的生产方式和社会关系以特定的方式塑形主体，个体总是处于特定时空序列的社会结构中，被"召唤"到特定的意识形态之内从而被建构为主体。换言之，主体是特定历史阶段的产物，不同的主体由于处于不同的阶级或阶层，或因为拥有不同的生存条件或物质利益，会形成不同的认知、观念、态度和行为方式。在主体自我身份的形成之前，必须经由社会交往的实践（即信息的生产和再生产），通过从结构到解构，再到结构的循环式角色转换，才能确认主体身份。由于社会交往实践发生于各个社会层面，不同层面之中主体的阐释和解读方式也不尽相同。在奥运传播的话语范畴之中，文化身份的主体同样具有多重性，简单来说，这种多重性体现在集体文化身份与个体文化身份的矛盾关系之中。

（一）集体身份

霍夫斯泰德在对国家文化的研究中，采取五个不同的维度区分不同国家的文化类型。五个不同的维度是指权力距离、集体主义——个人主义、阴柔气质——阳刚气质、不确定性规避、长期导向——短期导向。他认为东亚是典型的集体主义文化形态，"人们从出生起就融入到强大而紧密的内群体当中，这个群体为人们提供终身的保护以换取人们对于该群体的绝对忠诚"。霍夫斯泰德的研究从直观上说明了中国文化对集体身份的强调。

从地缘关系的角度来看，集体身份最直接的存在前提就是民族国家。民族国家中"人民"对"民族"的情感皈依是文化身份最重要的存在形式，也是最普遍、最具影响力的文化身份，尤其是在民族国家经历了民主革命实现现代化的过程中，民族意义上的集体身份具有伟大的号召力。这种精神力量源于对共有文化的深厚情感，甚至可以超越地域与国籍的限制。2001年申奥期间，莫斯科华侨华人成立了由15名委员组成的"莫斯科旅俄华侨华人支持北京申奥委员会"，并作为全球华侨华人支持北京申奥巡签活动的发起者之一，参与组织了为时1个月的遍及世界五大洲的海外华侨华人支持北京申奥活动。2001年4月15日，旅俄华侨华人在莫斯科市中心革命广场举行了签名活动，总签名人数达5万人以上[85]。

在全球化时代的文化解构浪潮中，民族意义上的集体身份受到挑战，对此，人类文化学家格尔茨曾指出，第三世界国家(他称之为"新国家")人民的集体文化身份往往包含两种不同的因素："初级身份"和"公民身份"，前者唤起我们朴素的"原始情感"，即民族认同感，后者为"我们"成为"共同体"提供有效身份。这种提法将民族情感与公民身份相互连接起来，也在文化身份的民族层面引入了与之相关的政治身份。

在中国，政治身份以公民意识的形式开始进入到文化身份的自觉之中，我国民众参与国家政治生活和社会公共事务的积极性越来越高，履行社会责任和义务的公民意识越来越强，越来越多的人意识到作为宪法意义上的国家主人，公民不仅有义务也有权利。汶川地震后捐赠人要求官方机构公布善款、物资的明细，与纳税人监督政府收支。这次捐赠让人切实地感受到了公民与国家之间那种相互信赖、协作的精神。在大灾面前，代表国家的政府不但郑重"承诺"——节俭办奥运，压缩行政经费5%，严格控制公费出国与公车采购等；还依据相关法律为捐赠人提供因捐赠而产生的税务抵扣。人民的捐赠活动同公民的自觉权利彼此呼应，将中国人民和中华人民共和国公民的双重身份结合在一起。

这一点对于在社会转型中意义模糊的集体身份而言，无疑又是一种合法化的途径。集体身份在民族情感汇聚的基础上，赋予成员平等的公民的权利和义务，及时地纠正了文化身份认同感的流失。能够促使民族国家的成员能够以满腔的热情投身到社会变革之中，有助于形成巨大的合力。

（二）个体身份

对从文化身份建构的视角考察个体身份，会呈现出一种历时性的

---

[85]　孔繁敏. 从海外华人情系奥运看增强民族凝聚力，资料来源：人大新闻网-人文奥运研究，http://news1. ruc. edu. cn/102376/102839/102841/54589html.

脉络。"在经历了从前现代到现代，人类经历了主体性的萌发和确立过程。从最初人与自然的混沌一体到二者的逐步分离，人类不断地将自然他者化，提升人在自然和宇宙中的绝对的支配地位，确立自身的主体性。这是一个人类逐渐认识并不断发掘自我潜能的阶段，也是个体的文化身份认同得以确立的阶段。在发展和进步的现代性话语的驱动下，原初的集体文化身份认同被逐渐打破，以阶级和民族国家为单元的文化共同体开始取代以血缘、宗教信仰、宗法观念为基础的文化共同体。然而，日益膨胀的主体意识带来了人与人之间的关系的异化，人类不得不展开对主体性的反思和内省。当个体文化身份认同变得支离破碎，'民族国家'和'阶级'等宏大叙事被一一解构时，人类只能重新审视自然和传统，力图恢复各种原初性的文化身份认同，从那些替代性的文化共同体中获得对自身存在价值的确认。然而，在去疆界化、去中心化的后现代，即使'传统'本身也充满了不确定性。所有力图恢复传统的努力都是以非传统的方式进行的，许多抵制和反对全球化的行动本身都被纳入了全球化的进程之中，成为其密不可分的一部分。"[86]

在文化身份的形成过程中，绝大部分个体共享某些群体归属意识或特征[87]。也就是说，文化身份存在着集体和个体两个层面，但是二者并不是截然分开的，它们是一定的价值观念内在化的结果。

二、当代中国文化身份建构的期待视野

长久以来，人们都从自己所在的价值观念体系中获得共通的意义空间和最终的精神归宿。正因为如此，集体和个体层面的文化身份能够拥有相对一致的价值维度以及由此产生的身份期待。身份期待具有相应的期待视野，它以一定的时代语境为基础，产生于主体对自身文化身份的认识与愿景，在主体对文化身份的认知范围内一般会呈现出一种身份汇聚。作为社会共识基础的价值观允许传播活动中的伙伴之间建立一个共用的参照框架来展开象征交换。[88]当代中国文化身份的期待视野可以分

---

[86] 石义彬，熊慧，彭彪. 文化身份认同演变的历史与现状分析[M]. 武汉：武汉大学出版社，2007：203.

[87] 陶家俊. 文化身份的嬗变：E. M. 福斯特小说和思想研究[M]. 北京：中国社会科学出版社，2003：74-75.

[88] 陈卫星. 中国现代化的传播学反思[A]. 见：袁军，胡正荣. 面向21世纪的传播学研究：中加传播学研讨会文集[M]. 北京：北京广播学院出版社，2000：4.

为自我期待、发展期待和交往期待三个相互连接的维度。

（一）自我期待

文化身份的自我期待来自对自身文化身份定位的思考。与西方社会不同，当代中国虽然也遭遇到了全球化浪潮的挑战，但是并未出现西方战后以来那样大规模的文化混合和族裔散居，文化身份的流动性相对较弱；近现代以来的历次社会革命和思想文化运动，虽然对传统文化产生了巨大的解构作用，但是并未完全割断民族国家内部绵延的对文化身份的传统体认。

中国传统社会中，个体、家族与国家构成"家国天下"的三位一体。个体既依赖于集体而存在，又自觉的担负起义不容辞的社会和国家的巨大责任，"家"和"国"是一体且并重的。晚清以来的"体用之说"，一直强调"中体西用"，始终坚持中国传统文化的主导地位，这一思想传统虽一度遭到批判，但是无可否认它至今仍在中国文化身份中有着重要地位。五四时期激烈的新文化运动，可以视为民族国家生存危机时，对文化身份更新的激越主张，即便如此，以胡适、陈序经等为代表的"全盘西化论"也是在中国文化传统的基础上进行中国文化出路的探寻；新中国成立之后的多次社会运动中，意识形态主导的思维方式虽然打乱了文化身份的自觉意识，但是对于深深根植的文化传统而言，它只是严冬而并非末日，一旦社会氛围趋于缓和，民族文化的自觉意识就开始得到张扬。社会主义新时期以来，中国社会对文化传统的呼唤与回归，与社会主义精神文明建设相结合，"中国特色"的社会发展模式使得人们不得不以中国的传统文化作为出发点，认识中国社会的现实问题。

在1993年中国第一次申办奥运会时，《人民日报》为申办奥运会准备了两个社论版本。如果申办成功，就发表《北京感谢世界》，那篇评论中写道："众盼奥运，梦想成真。北京感谢世界……国际奥委会作出了历史性的选择，给中国以崇高的荣誉和宝贵的机会。中国人民将不负重托，全力以赴，交出一份令全世界人民满意的答卷。"如果失败则编发另一则完全相反的社论《坚定不移走向世界》，实际上最后真正刊发的就是后者。在这篇题为《坚定不移走向世界》[89]的社论中，"我们"

---

[89]　载于《人民日报》，1993年9月24日头版。

一词显示出与他者相区别的身份诉求，这种诉求即使是在遭遇挫折时，它也会成为一个民族的集体无意识和精神向心力。

"我们尊重国际奥委会的选择，祝贺悉尼申办成功……办奥运，不论是今天还是以后，都是中国人民的强烈愿望……得而不骄，失而不馁，这是中国人民应有的气度和风范。'风物长宜放眼量'，来日方长，后会有期。我们相信，在这个占有世界五分之一人口，有960万平方公里国土和5000多年文明史的东方国家，奥运会五环旗高高飘起的日子，不会是很遥远的。同胞们，让我们为迎接这一天的到来继续努力!"

这篇社论中"我们"和"中国人民"都是代表集体文化身份的典型词汇，虽然它并不排斥个体的终极价值意义，但是在身份期待中，个体身份的价值理想很多时候被包含到民族凝聚力的范畴之中。在民族文化层面，文化身份的核心不是"真实与虚构"，而是"我们"的认识与理解的问题。这既是国家主流意识形态的有意为之，更多的还是"家国情怀"传统的惯性作用下社会个体对集体身份的无意识皈依。在奥运传播的语境中，即使是以个体身份出现的中国普通百姓，也会以"我们中国人"来进行自身文化身份的定位。中国文化身份建构中集体的影响力巨大，中国文化典型的"家国情怀"的主体思维方式便体现在当代中国文化身份的自我期待之中，"居天下之广居，立天下之正位，行天下之大道"，强调民族国家内部的凝聚力，这一点是影响当代中国文化身份期待的最关键因素。

（二）发展期待

文化身份的建构性与人类社会求变与应变的发展规律相合，在当今的时代情境中体现为对社会发展与进步的现实诉求，也进入到当代中国文化身份传承与更新的期待视野之中。

文化身份的发展期待首先体现为民族复兴的愿景。法国当代思想家布尔迪厄曾提出的"文化资本理论"，将整个社会资本分成三个资本域，即"经济资本、文化资本和象征资本"[90]，布尔迪厄认为文化的"象征资本"是一个国家是否是强国形象的辨认标记。按照这种划分，文化身份的建构属于经济资本基础上的文化资本与象征资本的结合。如

---

[90] 包亚明. 布迪厄访谈录——文化资本与社会炼金术[M]. 上海：上海人民出版社，1997：39-42.

前文所述,这种结合在当代中国偏重于对增强民族凝聚力的文化身份期待。从中国实施改革开放到举办奥运,就包含了一个内在的发展逻辑。

奥运传播语境中主体的文化身份确认不是为中国文化求得基本的生存权的退守,而是为了在文化多样化共存的新世纪实现更新与发展的积极进取。在经历了一个世纪的危亡困局之后,中国格外希望通过发展"自立于世界民族之林"。20世纪90年代冷战结束之后,和平与发展成为世界的两大主题,对于改革开放初见成效的中国而言,同发达国家之间的差距刺激了普通民众一直以来对古老文明的自豪感,激起了朴素的民族主义情绪,创新求变的要求成为中国人改变命运、追求幸福生活的共同要求,实现民族复兴的愿望更加迫切。进入新世纪以来,这种意愿与民族主义相结合,成为中国社会的主流话语。2002年,江泽民在讲话中正式提出"在建设有中国特色社会主义的道路上实现中华民族的伟大复兴"。2008年北京奥运恰好与改革开放30年的时间点重合,被视为"改革开放的推进器""奥运会的里程碑"和"民族复兴的新起点"[91]。《人民日报》在建国60周年的社论中,以《迎着中华民族伟大复兴曙光》为题,明确提出:"前承几代人艰苦卓绝的探索和奋斗,后启一个民族走向复兴的变革与创新,凝结着亿万中华儿女一个多世纪以来改天换地的豪情壮志,开创了现代中国富强民主文明和谐的灿烂前景……到中国共产党成立100年时建成惠及十几亿人口的更高水平的小康社会,到新中国成立100年时基本实现现代化,建成富强民主文明和谐的社会主义现代化国家,这是我们的伟大目标。"

其次,可持续发展的理念也构成文化身份建构中发展期待的另一维度。面临全球化时代的环境问题挑战,人类社会文明的发展需要超越传统与自然二元对立的文明形态,把人类社会发展的意义与更宏大的自然生命过程联系起来,构建人与自然和谐共处的可持续发展的文明形态。

1972年斯德哥尔摩会议以来,世界对地球环境脆弱性的认识和理解逐渐加深,环境科学取得了重大进展,环保教育、宣传和实践得到了很大发展。可持续发展的实现需要广泛的社会参与,有赖于一系列不符合可持续发展要求的基本观念和社会行为的转变。在北京奥运中它与绿色

---

[91] 新华社北京2008年8月23日电,《北京奥运会:奥林匹克的里程碑 民族复兴的新起点》,转引自中央政府门户网站,资料来源:http://www.gov.cn/jrzg/2008-08/23/content_1077923htm.

奥运的口号一起，成为中国社会可持续发展思想的一次普遍动员。北京奥运会的筹办过程不仅是对竞赛场馆和起居环境的建设过程，而且是一种技术更新、体制改革和观念转型的系统"绿化"过程，也是对传统产业、传统文化和传统景观的反思和再建过程，更是全社会参与的一项复合生态工程。仅从2008年7月20日直到奥运会结束的8月24日期间，北京停使了150万辆汽车以减少废气的排放。虽然短期的行政措施并不能根本解决北京的环境污染问题，但是通过绿色奥运传播的可持续理念已经拥有了比以往更加强有力的制度保证和民意支持。

以上两个方面的发展期待，可以视作主体在建构文化身份中处理同社会与自然两大生存系统与自身之间关系的一种策略，目前看来它可能不够成熟与完善，但它是文化身份建构的期待视野中的活跃因素，将自我期待与交往期待连接起来。

（三）交往期待

在全球化进程中，文化多样性共存是主体文化身份建构的前提，文化身份也在不断地文化交往中确认与调适。

文化身份会包容越来越多的异质文化元素。正如帕斯卡尔·扎卡里所说："一个凝固的、基于共同的民族特征的、亲缘关系的观念显然正在消亡。世界上的边界也许不会消失，但是许许多多异国的因素正在穿越世界""现在人们越来越多地塑造自身，用不同的经历来拼凑他们的身份特征，依赖的不仅是自己本民族的，而且包括他们从大千世界获得的知识、体验及对他们有用的信条。"[92]

信息技术使文化交往的形态发生变化，并对文化身份的建构方式产生影响。在奥运传播中，存在两大类交往形态。一类是基于人际交流的直接交往，它"涉及到至少两个以上具有言语和行为能力的主体之间的互动，这些主体互动使用（口头或口头之外的）手段，建立起一种人际关系。行为者通过行为语境寻求沟通，以便在相互谅解的基础上把他们的行为计划和行为协调起来"[93]。北京奥运会共有204个国家和地区的10050名运动员参加。仅2008年8月8日至24日，北京市累计接待国内

[92] （美）帕斯卡尔·扎卡里. 我是"全球人"[M]. 北京：新华出版社，2002：05.
[93] （德）哈贝马斯. 公共领域的结构转型[M]. 曹卫东等，译. 上海：学林出版社，1999：84.

外游客652万人次。其中，接待入境游客38.2万人次[94]，这一数据还不包括其他几个奥运协办城市。这种基于人际的文化间交流是愉悦的、跨越地理空间的人类自觉行为，是能够接触"真实世界"而非简单"媒介世界"的直接传播方式，而非单纯通过媒介间接、外在地获得映像世界的交流和传播。直接交往中的娱乐目的、快乐主题和良好意愿为不同文化群体的人们相互了解制造了接近性的文本，这种自觉交往能够弥合文化差异带来的障碍与冲突，也体现了文化身份建构的交往期待。另一类是基于媒介技术的间接交往。它不同于单向的赛事直播或转播，而是具有及时性与交互性。北京奥运实现了奥运传播史上的"全球新参与模式"，通过便携的通讯设备，欣赏精彩的比赛，查询相关的赛事信息和新闻报道，奥运会成为一种国际语言，不受时空限制，在媒介空间中的交流、互动，实现具有吸引力、穿透力和凝聚力的全球参与。

自我期待、发展期待和交往期待共同构成了文化身份建构主体期待视野，并且文化身份建构中主体的多重身份在共享的文化身份期待中能够获得基本的一致，这也是文化身份一旦生成就显得较为稳定的内部原因。

第三节　当代中国文化身份的建构原则

文化、社会和主体构成了一个三维结构，它们通过媒介传播交叠在一起。其中至少包含着三组互动关系，构成了文化身份的意义网络。文化为社会提供了传递知识与凝聚力量的资源，主体又在媒介意义过程中实现媒介意义的再生产。这种交互网络并不是静态的，而是在历史生成中动态运作的。因而，文化身份绝非静止的东西，而在很大程度上是一种人为建构的过程。

---

[94]　《奥运会期间北京接待中外游客652万人次》，资料来源：新华网北京频道，http://www. bj. xinhuanet. com/bjfs/2008-08/27/content_14234247. htm

一、文化身份的认知遵循"他者"逻辑

（一）他者镜像

文化身份的认知需要寻找一个支点，如赛义德所说，身份是集体经验的汇集和建构，它牵涉到与自己相反的"他者"身份的建构，而且总是牵涉到对与"我们"不同的性质的不断阐释和再阐释。于是可以很容易的推论出，文化身份是在与"他者"文化镜像中对比映照中形成文化差异性的某种认同[95]。在西方后现代理论中，反对以理性"自我"为中心的传统认知方式。如在德里达的思想里，由"他者"延伸出来的一个重要概念是"延异"，它充分表达了后现代思想的"不确定性"特征。"自我"是唯一的，但"他者"无数，以"他者"为中心实际上意味着我们的思维结果始终会因不同的"他者"视角的改变而改变，因而文化身份的建构会随着对他者认知的变化呈现出不确定性。

每一时代和社会都重新创造自己的"他者"。因此，自我身份或"他者"身份决非静止的东西，而在很大程度上是一种人为建构的历史、社会、学术和政治过程[96]。历届奥运会中，民族国家都作为体育传播的直接参与者与组织者的身份出现，奥运传播更多时候表现为在官方话语主导下的带有明确的意识形态特征与政治目的组织传播形态。现代化过程中贯穿着全球主义与民族主义的博弈与沉浮，现代奥运复兴以来，"奥林匹克精神大体也呈现出了核心价值理念不变，但外部边界不断完善和择机调整的发展态势"[97]。这种基本判断的得出，不仅与百年奥运所历经的时代变迁相关，同时也与奥运举办国特定的地缘政治和文化目标密不可分。对于中国而言，奥运会从初期的"他者"形象到融入二十一世纪中国的社会生活，所经历的时间过程与中国民族民主革命和社会主义现代化建设相重合，尤其是在北京奥运周期[98]即21世纪的第一

[95] 王岳川，陈凤珍. 文化整体创新与中国经验的世界化——王岳川教授比较文化访谈录[J]. 四川外语学院学报，2008(3).

[96] （美）爱德华·萨义德. 东方学[M]. 王宇根，译. 北京：三联书店，2000：426-427.

[97] 白贵，王艳. 试析奥林匹克精神指涉下的当代中国健康传播[J]. 中国传媒报告，2008（3）.

[98] 从主办城市及其周边地区从申办奥运前的初始状态到奥运会结束以后的最终状态的时间维度上看，一个完整的奥运周期，国际上通常定为10年到12年。

个10年间，国家主导的话语在当代中国文化身份建构中扮演了极其重要的角色。

（二）对待他者的态度

在社会快速变化，不确定增加的时期，这种他者镜像对于主体文化身份的自我确认就显得更加意义重大。我们对他者的态度直接影响着主体文化身份的认知立场。

在中国文化身份的认知中，他者是一种危险因素。中国传统文化注重内省与自持，"吾日三省吾身"就突出了内在的他者思想，这同弗洛伊德对自我与本我的解析有些相同之处。不过更对文化身份意识产生影响的还是"外在的他者"。中国传统的他者意识，最明显地反映在古代汉语第三人称的回避上，我们用"尔等""汝等"等第二人称形成与第一人称"吾"的对比，但是极力回避或是漠视第三人称的"其"，认为"非我族类其心必异"。近代以来，真正的"他者"还是从不同民族之间的关系尤其是中国与西方之间的角度来认识的，而认识他者的目的就是为了更好的进行"我"或"我们"的定位。

近代以来中国社会对他者态度也出现过几次转变。在文化身份危机的压力下，最初是在封建官僚知识分子内部产生的一种对西方先进技术与现代工业的羡慕，希望通过"师夷长技以制夷"维护中国的文化"正统"地位。晚清的洋务运动提出"中学为体，西学为用"，我者与他者之间，第一次有了整合。在那之后，"我"与"他"的易位一步一步开展，而传统"华夷""汉满"的内部分野，也逐渐失去了意义。随后的"维新"运动与义和团运动，在自上而下与自下而上两个方面消解了中国传统文化在西方文化面前的心理优势，对西方的他者，由畏生敬，只剩下民族主义意识的坚持。从传统华夏与夷狄的族群文化认同，转变为中国与共同体的团结认同，其转变的关键，则在于面对了另一个强大的他者。这种文化危机的抗争中，文化身份由民族主义和意识形态界定，他者则是长期欺压中国的西方。

这种以西方为他者的抵抗态度几经沉浮，直到20世纪80年代改革开放的逐步展开，才有了一些变化。历经改革开放30年，中国人眼中的世界不再是神秘、未知的，对于传统文化的反思和对西方文化的大规模引入，改变了我们对他者的态度，曾经沦丧的文化自信渐渐恢复。进入新世纪后，多元化的趋势扩展了世界存在的空间和形式，经济、文化、政治交融的复杂性亦呈纷杂之势，中国更加意识到需要看清世界、了解世界，才能走向世界，对他者的态度由拒斥、抵抗到艳羡、仰视再到接纳，当代中国文化身份的认知由差异偏向逐渐走向平衡开放。

将文化身份认知的他者逻辑与奥林匹克运动在中国的传播历程结合，可以发现奥林匹克运动原本携带的西方文化与中国传统文化之间的差异经过"人文奥运"的意义拆解、混合与重组，呈现出相对平衡的图像。以个人的全面发展为核心理念，通过竞技运动和改善生活方式等实践活动实现对人的生存、发展、自由和解放的关注，既与西方世界强调的人权观念相契合，也同中国传统文化中"家国天下"的共同体思想相一致，人们通过亲身的体验和媒介的传播，用公平、平等、自由的思想方式和行为方式认识社会生活的改革和变迁，因而奥林匹克这个西方本源的他者文化能够顺利进入当代中国的社会价值体系，其中折射了中国社会面对西方现代文化从被动到主动的转变，也是中国文化身份自我认知的不断深化。

二、文化身份的建构依赖于主体的媒介使用

在媒介高度普及的今天，这种身份建构的过程依赖于主体的媒介使用。

"媒介使用"这一提法源于传播效果研究中的媒介使用与满足理论，它"关注传播中受众的社会及心理的基本需求，会引发对大众传播媒体或其他来源的期待，而导致其对不同形态的媒体使用与从事其他活动的行为，以从而获得需求的满足或其他非预期的结果"。媒介"从其他信源和其他话语结构中抽取节目主题、处理方式、议程、事件、人员、观众形象和'情境的定义'。而这些信源和话语结构，处于更为广阔的社会文化和政治结构中"[99]。

随着新媒体的兴起，受众与传者身份区别越来越不明显，在文化身份建构中，主体的媒介使用已经超越传播效果研究范畴，而是包含着意义的生产、传播与反馈的全部过程。主体能够根据一定的社会情境确认自己的文化身份并产生相应的身份期待，通过媒介使用进行自我表达和

---

[99] 张国良. 20世纪传播学经典文本[M]. 上海：复旦大学出版社，2005：425.

与他者之间的意义交流努力实现身份期待的理想目标，而且发展出一整套建构机制，对自身文化身份不断进行身份的调适与修正。

阿多尼和梅尼对社会真实的建构过程提出了三个部分的模式[100]，即客观真实（由事实组成、存在于个人之外并被体验为客观世界的真实）、符号真实（对客观世界的任何形式的符号表达，包括艺术、文学及媒介内容）和主观真实（由个人在客观真实和符号真实的基础上建构的真实）。大部分传播学者都认为，媒体能够建构社会真实，但其实媒介再现是主体媒介使用的结果。李普曼所说的拟态环境，在主体的媒介使用中同样具有阐释力，而且我们不仅是在媒介再现的符号真实的层面认识世界，而是从一开始就设定了拟态环境的意义框架。大卫·麦克奎恩就认为："所有的再现都是有选择性的、有限制、受框架制约的、单意性的(即只有一个视点)、是机械性加工润饰的结果，并且再现的内容远非整个情境或背景，而只是'包含'了全体中非常有限的一部分。"[101]于是，媒介使用的主体性和媒介再现对主体认识的影响力一起因循往复，形成了一个浩瀚的意义之网，我们在其中即使拥有媒介使用的自由，最终进入到主体头脑中的都只会是很小的一部分，因而文化身份建构中不得不面对刻板印象的难题。

中国之所以如此珍惜2008年北京奥运会对中国国际影响力的促进，原因恰恰在于我们没有在国际上掌握媒介使用的主动权。正如喻国明在访谈中所说："由于过去整个国际对于中国形象的这种再现也好，描述也罢，实际上是有少数的在国际传播舞台上占据霸权地位的那些，像美联社、CNN等等这些少数媒介来加以控制的这种格局。他们用他们自己的价值观，用他们自己的这种选择方式来呈现出来一个中国，可能跟中国的实际情况之间并不完全对称。"在现实的文化身份建构中，不同的主体层面有着不同的身份诉求，一般来说集体层面的身份建构以"求同"为主，而在个体层面就是"求同"与"存异"并重。

在当代中国文化身份的建构中，集体层面的身份主体主要是民族国家，强调文化身份建构对形成共意与合力的支持，它的媒介使用带有

---

[100] （美）沃纳·赛佛林，小詹姆斯·坦卡德. 传播理论：起源、方法与应用[M]. 郭镇之等，译. 北京：华夏出版社，2006：310.

[101] （英）大卫·麦克奎恩. 理解电视:电视节目类型的概念与变迁[M]. 苗棣等，译. 北京：华夏出版社，2003：133.

强烈的意识形态性，并不遗余力地向着强化主流话语领导地位的方向努力。因而在北京奥运中，国家在中国文化身份建构中居于主导地位，代表国家意志的官方话语力量远比其他的话语形式强大。至于个体层面，虽然个体依托着国家主导下建构的文化身份进行意义的再生产，但能够通过媒介使用和意义的解读，对国家主导的文化身份进行协商，这种协商会在公共领域与日常领域中与个体及个体之间的生活经历、知识背景、个性特点等诸多变量相互交织，即使是在力量悬殊的集体和个体之间，也会出现相互张望与协商的态势。

第二章　奥运传播中当代中国文化身份建构的主导模式

　　民族国家是"过去两百年中世界上占主导地位的人类社会类型"[102]，在现代奥运会的举办中，它"越来越成为实现集体目的的积极工具"[103]。对中国这样的发展中国家来说，在社会转型的过程中建构合适的文化身份也是实现现代性目标的一种路径，它在逻辑层面上由三个结构成份所构成，"第一点是形式，这涉及到生产活动，组织发生和权力配置。第二点是修辞，就是话语的冲突和交织，包括意识的断裂和缝合。第三点是张力，指社会生态中新事物和惰性的对立，新的社会组织方式对旧的方式的改造和冲突"[104]。本章借用这种结构思维，从目标向度、话语方式和身份调适三个方面论述奥运传播中当代中国文化身份建构的主导模式。

第一节　主导模式中当代中国文化身份建构的目标向度

　　文化身份是文化主体的有意识的自觉的建构的结果，但建构的文化身份是否成功，关键取决主体身份的重新确认。现代中国的身份确认可以分为三个阶段：一是打破旧文化、旧观念和旧体系的时期；二是重新定位和身份改写时期，即去除旧形象，在身份改写过程中确定真正的现代中国形象；三是新文化身份确认时期，目的在于"把握自己在后殖民时期与西方对话的权力，建立从冲突到对话，从差异到和谐，从敌对到

---

　　[102]　（美）米歇尔·舒德森. 文化社会学：浮现中的理论视野[M]. 王小章，郑震，译. 南京：南京大学出版社，2006：17.

　　[103]　Geertz, Clifford. (1973). The Integrative Resolution: Primordial Sentiments and Civil Politics in the New States. New York: Basic Books. p. 258.

　　[104]　陈卫星. 中国现代化的传播学反思[A]. 见：袁军，胡正荣. 面向21世纪的传播学研究：中加传播学研讨会文集[M]. 北京：北京广播学院出版社，2000：7.

伙伴的新型世界秩序"[105]。在实际的文化身份确认中，这几个阶段之间并没有明显的界限，"破"与"立"都是文化身份建构性的体现，这在国家主导的奥运传播中有着明确的目的向度。

一、增强社会凝聚力

中国一度严格地遵循固定的社会结构关系和阶级界线来界定文化身份。但是消费主义的兴起、媒体文化的盛行以及全球化浪潮所带来的冲击，在加速了传统认同参照体系消退的同时，也在逐步瓦解原有的身份建构资源。在经济和文化日益全球化的场景下，全球文化的时空穿插性、水平嵌入性与长驱直入，及其文化产品暂时的连续感、体验的肤浅、无深度感，使世界大部分国家基于传统认同的要素——地域、网络和记忆得到动摇，垂直的历史认同建构被巨大的文化缝隙所添补，造成认同观断裂的局面。文化信息的全球空间拓展和文化之间的混杂状态对社会群体及其身份建构形成了重大威胁。"当个体拥有多重的同时可能是互不相让的自我意识时，我们如何能够建立起牢固而可靠的社会团结?而且，混杂与社会群体主义形成社会凝聚力的方式几乎是不可调和的，因为后者的团结是建立在绝对的群体差异和对立基础之上的。"[106]

在当今世界，思想样式可以不断翻新，但民族感情却是一个恒久不变的信仰常数。1958年，牟宗三、徐复观、张君劢和唐君毅等在《为中国文化敬告世界人士宣言》中提到，如果想要"客观"或正确地了解中国文化，就"必须以我们对所欲了解者的敬意，导其先路。敬意向前伸展增加一分，智慧的运用，亦随之增加了一分，了解亦随之增加一分"。这里的"敬意"实际上意味着一种浸润到灵魂深处的民族感情。

媒体语言中对民族感情有着充分的表达："为国争光""为祖国争得了荣誉""鼓舞了全国各族人民""激发了全国各族人民的爱国热情""增强了中华儿女的自信心和自豪感"等是我们在历届奥运报道中常见的语言；"扬我国威，壮我中华志气"之类的陈诉是当我国运动员夺冠拿金牌时的标准的解说词；把中国体育运动员在奥运会和各种国际

---

[105]　王岳川. 文化创新与中国身份. 转引自爱思想网——王岳川专栏。资料来源：http://www. aisixiang. com/data/2418. html

[106]　（英）简·阿特·斯图尔特. 解析全球化[M]. 王艳丽，译. 长春：吉林人民出版社，2003：215-216.

和地区赛事上的行为上升到爱国、爱民族高度。运动员们在比赛中展现的"顽强、拼搏、自信"等体育精神同时也被称为是"民族精神",而那些为国家赢得荣誉的运动员尤其是代表性的运动员就很自然地被称为了"民族英雄""民族的楷模",这些言辞也是奥运报道语言中对运动员们最高级别的评价语。而我国的运动员们在取得成功的时候,在获得金牌后的"感言"中,"感谢祖国""感谢人民"也是最常见的感谢词。这种话语充满了奥运会这样的大型体育赛事报道,它们激发的是全体中国人乃至全球华人同心同德的情感。

2008年8月16日,中国女排在输给郎平带队的美国女排之后,《中国青年报》发表评论员文章指出:"奥运会原本只是供各国运动员展现竞技魅力的舞台,而非国家征战的战场。比赛的成败胜负,其实既无关国家利益,也无关民族毁誉。这一点,已经成为越来越多世人的共识。"长期以来,中国的媒体、民众甚至官方常常将奥运比赛的胜负简单等同于国家体育实力甚至国家综合实力的强弱,而当代中国各个层面对"奥运竞技"与"国家强弱"的关系有了越来越理智的认识,这段话是对人们心理转变的一个梳理,有着它特定的语境。但是要真正完全地做到奥运竞技与国家的毫无瓜葛,其实是不大可能的。在民族国家内部,社会凝聚力是以民族凝聚力为基础的,很多时候国家和民族的意识在成员头脑中是没有区分的。对数以亿计的观众来说,无论是在现场还是不在现场,在奥运会期间几乎都是自己国家队最忠实的拥趸者,任何一个有着国家和民族归属感的人都不会漠然于自己国家运动员的表现。而奥运会的公平、公开而又和平、和谐的竞技机制,给全世界各个国家提供了一个独一无二的公正的形象展示平台。因此,无论从国家利益、运动员的最高荣誉还是从世界观众的爱国情感表达需要来说,"国家"的归属感都是不可或缺也无法或缺的重要元素。

民族凝聚力的伟大力量在奥运传播中表现得淋漓尽致,也是一次中国文化身份建构的良机;不过在地缘政治的界限日益模糊的今天,它在类似奥运这样的特殊时期引发出的强大动力并不足以解决凝聚力减弱的现实问题,需要将民族凝聚力向社会凝聚力的扩展,才能较好的实现文化身份的确认。社会凝聚力是社会成员之间的依赖、忠诚和团结程度,是社会的秩序特征,其中一个重要的衡量指标是社会成员的共同价值观、归属感和具有共同的社会发展目标。表达归属和整合趋势这一维度的是国家利用主流媒体长期以来不断努力的方向，这也是公众对主流政治意识形态和文化价值建构的感知和认可。具有民族国家整合力量的宗教、民族语言和传统文化所创造的集体凝聚感在后现代媒介语境中由于电子媒介的强性介入而逐渐遭到破坏。

市场经济的发展使得中国从一个国家高度统合的"总体性社会"产生裂变，形成了新的"国家——社会结构"，其中社会日益获得相对独立于国家的自主性，同时社会阶层在得到重构并日渐分化，为社会凝聚力和国家认同提出了新的挑战。

二、寻求主流意识形态的合法性

在文化身份建构中，影响最大的因素就是民族文化根基与意识形态导向。在国家的政治统一中，"共同的民族性发挥至关重要的合法化作用，而且求助于同根同源和共同的特征，将是意识形态动员——即爱国的忠诚与服从的产物——的主要途径"[107]。民族主义的话语一直伴随着现代奥运会，这一点在北京奥运中体现得尤为突出。改革开放以来，中国的主流意识形态一直在有意识地宣扬与塑造"汉民族"观念，中国举办奥运，本身就直接同洗雪"病夫"国耻的爱国主义相连接。国家注重奥运传播对主流意识的表达与传递，一是为了更好的寻求社会凝聚力的增强，二是为了借此进一步强化现有社会制度在社会成员心目中的合法性地位。安德森在想象的共同体基础上认为"马克思主义和尊奉马克思主义的国家，不论在形式还是实质上都有变成民族运动和民族政权——也就是转化成民族主义——的倾向"[108]，在实际中，它就意味着国家的同质性——而且在国家的边境内，只存在一种语言、文化、历史记忆和爱国情感。国家意识形态是文化身份建构中最主要的影响因素，它经由人文奥运的理念，在"家国同构"的主流媒体话语之中体现的较为充分。在此背景下，"龙（中国龙、龙的传人）""中华民族（炎黄子孙）""长城""长江""黄河"等称谓广泛传播，成为具有特殊的民族象征意义的专有名词。

沿着奥运日程表向前追溯，在北京奥运之前的2007年，中央电视台

---

[107]　（英）齐格蒙特·鲍曼. 共同体[M]. 南京：江苏人民出版社，2003：111-112.

[108]　（美）本尼迪克特·安德森. 想象的共同体[M]. 吴睿人，译. 上海：上海人民出版社，2003:2.

在中国共产党十七大召开之际，播出了大型纪录片《复兴之路》，以主流话语的典型形态详细阐述了1840年以来中国如何在求亡图存的历程中探索出中国特色社会主义道路并取得巨大建设成就，明确地将民族复兴与社会主义道路相重合。所以不难理解中国的官方话语将奥运与民族复兴的意识相互对接，力图证明社会主义道路与中国共产党的领导在中国社会的合法性。在中国社会转型中，意识形态主导的官方话语也不是一成不变，它也在全球文化的流动中随着政治经济的发展而呈现出了明显的多元化发展，文化形象的多元化也代表了文化身份建构影响因素的多元化。

三、重建当代中国文化形象

21世纪伊始北京申奥成功，整个中国都沉浸在新世纪的兴奋之情，奥运传播与全球文化流动与民族复兴的话语相结合，受到了空前关注。"开放的中国盼奥运"[109]，改革开放30年来，中国取得了社会主义建设的巨大成就，但是30年的开放与发展不足以抵消100多年来西方对中国闭塞与落后的成见，中国盼望一次机会，一次对外展示与证明自己的机会，向世界说明"我们是谁，我们在想什么"[110]，通过奥运传播强化文化身份的自觉意识，重建当代中国的文化形象，并由此实现中国文化身份的传承与更新，成为具有直接指向与现实需求的问题。

利用重大国际赛事达成政治和经济的外交目的已经成为国际舞台上惯用的外交手段，奥运会是当今世界重要的公共外交平台，也是少有的能够串联起全世界各民族共同进行文化交流的超级事件。从主办城市及其周边地区，从申办奥运前的初始状态到奥运会结束以后的最终状态的时间维度上看，在从申办成功到比赛结束乃至此后的若干年内，北京和中国会成为全球媒体始终关注的焦点之一。在1964年东京奥运会后，日本经济经历了20年的持续增长；1988年汉城奥运会则使韩国国民素质和城市发展都得到了显著提升。发生在邻居身上的成功案例对中国是一个巨大的暗示和诱惑。它一面以看得见的经验成果被我们当作教材参考学习，另一面以看不见的国家变化被我们暗自模仿。"中国必须抓住这

---

[109] 中国申办2000年奥运会时提出的口号。
[110] 2011年《中国国家形象片下集(角度篇)》中的旁白语。

一契机全面展示物质文明和精神文明的丰硕成果，加强和世界各国媒体、各民族文化的交流和沟通，重新建构和积极有效的传播中国国家形象"[111]。

按照传播学的拉斯韦尔公式，不难推导出一系列命题：为什么要建构"积极有效"的国家形象，应该由谁如何"重新建构"，建构过程中有没有标准，如何评价所建构的国家形象是否"积极有效"等，在政府主导的北京奥运中，这些命题带有鲜明的官方话语色彩。2008年北京奥运会举办之前，中国进行了广泛的社会动员，克服了南方冰雪灾害、藏独事件、汶川地震以及奥运圣火传递中的干扰，即使最苛刻的评论也无法否认中国政府建构了积极有效的国家形象。但是同样在2008年，北京残奥会的圣火还未熄灭，整个中国还沉浸在奥运的欢腾中，三聚氰胺奶粉事件不合时宜地让我们深刻体会到国家是强大的，但是国家形象是脆弱的。

对于2008年北京奥运会，"国外媒体对北京奥运会关注度最高的主题是政治，占全部报道主题的26%"。其中最关注的是人权和民主、生态环保、医疗卫生等问题。中国人民大学人文奥运研究中心监测了国外30多家媒体，调查结果也发现"西方媒体关注度最高的是奥运的政治环境；而各国意见领袖关注第一位的则是通过奥运会展示出来的新中国形象"[112]。北京奥运后，法国的《费加罗报》曾评论说："中国的最终目标已经达到：让这届奥运会成为见证中国30年前开始的在国际舞台上'和平崛起'的尖锋时刻。"但是实际上，中国的最终目标并不仅仅是一次尖峰体验，尽管官方话语在中国国内具有强大的舆论影响力，但是对外传播中意识形态传达并不能收到良好的效果，反而容易被误读或歪曲。法国著名传播学家米涅就指出："事实上传播在社会领域当中的进展是多样化的，总有差异性甚至是明显相对立的方式或者是与传播者的意图相左。"[113]

---

[111] 李凯. 全球性媒介事件与国家形象的建构和传播——奥运的视角[D]. 上海：复旦大学，2005.

[112] 董小英，李其，等. 奥运会与国家形象：国外媒体对四个奥运举办城市的报道主题分析[J]. 中国软科学，2005（02）.

[113] 陈卫星. 中国现代化的传播学反思[A]. 见：袁军，胡正荣. 面向21世纪的传播学研究：中加传播学研讨会文集[M]. 北京：北京广播学院出版社，2000：5.

近现代长期的"西学东渐"，曾令东方精神世界意义失落，使中国文化身份模糊，进而使得中国思想的文化创新能力减弱，文化输出薄弱，直接导致了国际社会对中国文化的隔膜、误读严重。通过北京奥运，西方"重读中国"。如今，中国越来越频繁地登上欧美大报的头版，中国被描述成为一个庞然大物，它发展很快，但时有愤怒；它无处不在，却又琢磨不透。中国政府希望其国际形象变得现代而温和，改善西方对中国的刻板印象。2007年初，美国《时代》杂志的封面故事，用了一幅血红色的图片来展示中国：一个巨大的五星升起在万里长城之上，金光闪闪，在风起云涌的大千世界投下万道霞光，光芒中跳出一行字来："中国：一个新王朝的出现"（China: Dawn of a New Dynasty）。这期封面故事长达11页，主题就是21世纪初中国正将它的经济影响转变为强大的政治威力，中国力量的上扬将成为美国国际影响力的最大威胁。

在不同文化之间进行信息传播时，民族中心主义和对认知失调的回避心理本来就会增加传播中的噪音。虽然国际世界接受了中国崛起的事实，但对中国发展不确定性的疑虑以及意识形态、文化生活等方面很多差别都会产生"媒体刻板印象"[114]，何况还有冷战思维与国际竞争的局限。在奥运与西藏人权争议中，新加坡《联合早报》发表过一篇题为《奥运风波折射中西双方深层次问题》的文章，认为"在西藏问题上，西方知识界具有互相交织的多重情结，其中包括西方知识界长期的批判主义、自由主义和理想主义传统，西方主流价值观的居高临下，现代化高度发达的西方对原始文明的热衷和近乎宗教般的狂热，在意识形态上与中国存在的巨大差异"，如果说西藏问题只是西方知识界和民间在对华认知上的一个侧面，那么西方面对中国崛起的彷徨则是这次风波的更深背景。"7年前北京获得2008年奥运会主办权时，中国崛起的事实在全球尚未清晰化，而过去7年恰好就是中国崛起由朦胧走向清晰、而且对全球构成重大心理挑战的7年。"[115]这些都使得国家和民族之间通过传播制度和传播实践所表现出来的利益和观念的冲突和调和变得更加微妙和复杂，中国需要消除文化成见，在国际上重建当代中国的文化形象。

---

[114] （美）约翰·维维安. 大众传播媒介（第七版）[M]. 顾宜凡，译. 北京：北京大学出版社，2010：448.

[115] 《奥运风波折射中西方深层问题》，资料来源：搜狐新闻，http://news. sohu. com/20080415/n256307937. shtml

上述文化身份建构的目标指向都是在当代中国社会现实中亟待解决的问题，至于如何解决，即国家通过媒介使用以哪些具体途径实现文化身份的建构，就涉及到文化身份建构的话语方式问题。

第二节 奥运传播中当代中国文化身份建构的主导话语方式

话语是社会建构的工具之一，"它与社会构造的另一大工具——武力——相互辅佐，起到建构、解构和重构社会结构和秩序的作用"[116]。"话语"是我们可称之为"一个为知识确定可能性的系统"或"一个来理解世界的框架"或"一个知识领域"[117]的东西。我们通过语言认识世界，通过交流学习熟悉我们的文化，并且建构我们的特定的文化身份。"统治集团的意义系统规定了作为一个整体的主控意义系统"[118]，民族国家在当代中国文化身份建构中的主导作用以媒介传播、以官方话语的形式进行表达。它主要体现在媒介事件的意识形态传达、媒介议程的设置与铺展、媒介仪式的情感机制和集体记忆的书写等方面。

一、媒介事件的意识形态传达

在《媒介事件：历史的现场直播》一书中，丹尼尔·戴扬和伊莱休·卡茨指出媒介事件是"一种特殊的电视事件"，即关于那些令国人乃至世人屏息驻足的电视直播的历史事件（主要是国家级的事件），包括划时代的政治和体育竞赛、表现超凡魅力的政治使命以及大人物们所经历的过渡仪式（各种礼节性活动）等。媒介事件的分析视角可以同布尔迪厄的场域理论联系在一起，有助于阐释国家是如何利用奥运会进行意识形态传达，实现集体文化身份建构的目标。布尔迪厄在《关于电视》一书的附录中提出过一个分析奥运会的提纲。在这个简要的提纲中，布尔迪厄利用"场域"为奥运会提供了一个意义框架。场域是行

---

[116] 潘忠党. "战争"作为话语中的隐喻[A]. 见：王铭铭，等. 象征与社会：中国民间文化的探讨[M]. 天津：天津人民出版社，1997：65.

[117] （英）阿雷恩·鲍尔德温，布莱恩·朗赫斯特，斯考特·麦克拉肯迈尔斯·奥格伯恩，格瑞葛·斯密斯. 文化研究导论（修订版）[M]. 陶东风等，译. 北京：高等教育出版社，2004：32.

[118] （英）迪金森等. 受众研究读本[M]. 单波，译. 华夏出版社，2006：221.

动者争夺有价值的支配性，"一个场就是一个有结构的社会空间，一个实力场——有统治者和被统治者，有在此空间起作用的恒定、持久的不平等的关系——同时也是一个为改变或保存这一实力场而进行斗争的战场"[119]。

全球化浪潮和后现代语境影响使传统民族国家的认同基磐在逐渐松动和分化。奥运盛事作为全球性的"媒介事件"借助媒体的象征再现以及媒介仪式化的行为塑造了集体参与感，促使一个国家的民众在特定的时空形成了强大的向心力与凝聚力。当我们以建构的观点考察作为媒介事件的北京奥运，可以发现它既符合"竞赛""征服"与"加冕"的三大媒介事件特征[120]，也是一个意义文本和"有结构的社会空间"。

媒介事件往往具有非常规性和垄断性，它可以轻易地中断常规的媒介议程进入硬性的意识形态宣传难以产生有效影响的日常生活，人们"受到一系列使日常生活变得特殊起来的特别声明和前奏的引导，然后待事件结束后又被引导回原来的状态"[121]。正是这个超越日常的过程，使得媒介事件与意识形态话语紧密联系在一起。在传播手段多元的"小众化"趋势下，常规的媒介意义被选择和分割的程度越来越深，而媒介事件却始终能够召唤注意力的云集响应，表现出它对空间和时间的"征服"。从这个角度来看，媒介事件在增强社会凝聚力与意识形态合法性上具有强大的影响力。于是，国家通过对某一主题的媒介事件的意识形态建构，能够制造本民族的英雄神话，树立权威，重申规范，从而使文化得以继续，传统得以发扬，社会得以稳定。

（一）媒介事件中知识框架的建构

知识建构是一个将抽象的社会意念、社会政策和社会价值规范转化为具体的表象世界的过程。现代社会的知识与权力"直接相互连带"，共同实施着对人的身体行为的监控和约束。"理性和知识施加于人的'规训'和'纪律'，通过'教训、话语、可理解的符号、公共道德的

---

[119] （法）皮埃尔·布尔迪厄. 关于电视[M]. 许钧，译. 辽宁：辽宁教育出版社，2000：46.

[120] 麻争旗，徐杨. 体育直播的文本和意义:体育媒介事件的叙述模式[J]. 现代传播（双月刊）2006（06）：67.

[121] （美）丹尼尔·戴扬，伊莱休·卡茨. 媒介事件[M]. 北京：北京广播学院出版社，2000：1.

表象，强化了对人的头脑、思想的训练和控制。"[122]对于普通社会成员来说，大规模的媒介事件首先是作为知识性的信息被接受的，表面上看，大量的常识介绍与事实的表述是中性而客观的，但是知识的选择与意义的架构却传达着意识形态的内容。

在对《人民日报》北京奥运期间相关报道的文本分析中，总结出有关奥运会的常识介绍[123]，这些介绍构成了我们认识北京奥运这一媒介事件的基本知识。此外，媒介事件的知识框架还包括用具象化的事件和人物报道来建构知识。比如，为了说明中国政府和民众对环保的重视以及近年来取得的环保成绩，《人民日报》特意报道了一个民间环保人士的事迹[124]。

"自从北京申奥成功后，他更多地从事起民间环保工作，并将其视为自己一生的责任和义务……中国的环保问题历来备受西方国家的关注。我希望能通过我的实际行动，向全世界展示中国对环境保护的重视，让全世界看到中国在环保方面是富有责任感和行动力的国家……自从提出绿色奥运的口号后，我深切地感受到周围环境正发生着日新月异的变化。无论从政府官员到普通百姓，都在努力为实现这一口号，尽着各自的努力。"

短短的几句话串联起多个知识：申奥成功——民间环保——中国对环保的重视——绿色奥运——全民参与，其目的不单纯是为提供知识和信息，而是通过这些知识的含意进一步形成主流价值观念，它们传达出清晰的主体意识：中国人在百年前就希望举办奥运会；2008年，第二十九届夏季奥运会在北京举行，圆了中国人百年的奥运梦；中国人曾两度申办奥运，北京奥运会经历了7年的筹备；30年的改革开放给中国带来了巨大的变化，世界为之惊叹；中国在弘扬奥林匹克精神的同时实践着绿色奥运、科技奥运、人文奥运的理念。

（二）媒介事件中社会主流价值观念的置换

在基本的知识框架上，主导话语力量通过具象化的事实所建构的知

[122] （法）米歇尔·福柯. 规训与惩罚[M]. 刘北城等，译. 北京：三联书店，1999：123-124.

[123] 张华. 论媒介事件的意识形态建构—以北京奥运会报道为例[D]. 兰州：兰州大学，2009.

[124] 为绿色奥运奔走[N]. 人民日报，2008，8（5）：6.

识进一步赋予媒介事件以形而上的价值意义，将关于社会价值和规范有效地传递到文化身份的建构期待之中，供人们学习和遵守。最常见的方式就是媒介事件本身价值意义的置换。在主流话语利用2008年北京奥运进行文化身份建构中，强调奥林匹克的普世价值与人文意义，其中就包含着以当代中国社会主流价值观对"奥林匹克"的意义置换。将古代奥运会的原初价值进行置换，在古老的文化传统中寻求普世价值，使之成为现代奥运会的价值体系的支撑；将现代奥运会"更高、更快、更强"的精神与中国传统人文精神相结合（人文奥运），其中还结合了生态文明思想的可持续发展（绿色奥运）与对科学和技术力量的崇敬（科技奥运）。这样意义的置换力图将传统与现代融合并以一种中西合璧的叙述方式展现主流价值观念在奥运传播中的包容力。

《奥林匹克宪章》第49条规定了媒体报道奥运会的使命，规定媒体应"保证最全面地报道"，并力求覆盖"全世界最广大的受众"，而"报道奥运会应当传播和推广奥林匹克主义的原则与价值观"，第59条"关于奥运会的新闻报道"规定"通过奥运会媒体报道内容，传播和弘扬奥林匹克精神。奥林匹克精神的本质内容包括参与精神、竞争精神、公正精神、和平精神与奋斗精神"[125]。奥林匹克精神与联合国"和平与发展"的宗旨和我国当前构建"和谐社会"的时代主题不谋而合。因此，在奥运媒介事件的价值观念培养中，"和谐、公正、奋斗、公平竞争"的话语既符合中国当下的现实语境，也符合普世主义的奥林匹克精神。

在北京奥运之外，诸如国庆阅兵、神州七号火箭发射、上海世博会、广州亚运会、全国两会等众多媒介事件中，主流话语用着相同的方式呈现着不同的故事，而这些重大事件调动起了参与历史的巨大热情，并被主流的价值观念引领着用共同模拟集体的文化身份。北京及其文化形象的传统性、独特性，一方面越来越倾向于一种文化怀旧式的认同书写，这种北京形象带有浓厚的国家和民族的想象；另一方面却被作为民族文化批判的一部分。这种结合还蕴涵了一种线性的时间进化观，使我们必须面向具有现代性意义的未来。媒体在这种意义上通过奥运会这种体育盛会塑造了"新北京、新奥运"的形象，以及对中国文化身份的重

---

[125]　国际奥委会. 奥林匹克宪章[M]. 北京：奥林匹克出版社，2001.

新定位和自我认同。

由此可见，媒介事件被赋予的社会价值意义都是国家所积极倡导的主流价值观念，体现出以民族国家为主体的集体文化身份的期待，对个体的文化身份的建构也产生一种规范力量，进而成为每个人思考和行为的依据。

（三）媒介事件中现有制度合法性的隐喻

当代学者莱蒙德·格斯区分了三种不同的意识形态类型：一是"描述意义上的意识形态"，每个群体都有自己的意识形态，不引入某种价值观来批判它或赞扬它，只作客观的描述，不作任何主观评论；二是"否定性的意识形态"，也称为"贬义的意识形态"，人们对它的内容和价值持否定的态度，把意识形态看作是一种"虚假的意识"、"欺骗性的幻象"，一种社会存在的颠倒式反映；三是"肯定意义的意识形态"，即肯定意识形态的内容和价值，认为它能正确反映社会存在的本质[126]。奥运传播中的主流意识形态即属于第三类。2001年7月13日，北京申奥成功后，北京奥运这一超级媒介事件就已经开始启动，《人民日报》在2008北京奥运会开幕日就以《一个伟大民族与一项伟大运动的历史性融合》[127]为题，刊发社论文章。国内媒介对奥运的意义生产基本遵循着统一的框架，即北京奥运的全程都是在党和政府的领导下，同社会主义现代化建设的成果密不可分。

1949年10月1日，新中国成立，饱经沧桑的中华民族历史翻开了新的一页；1978年，改革开放的大门开启，古老的中国扬帆出航，拥抱广阔的世界；1979年，中国在国际奥委会的合法席位得到公正、圆满的解决；1984年7月29日，洛衫矶奥运会上，许海峰一声枪响，中国奥运金牌"零"的纪录成为历史！

5月12日，就在中国人民全力以赴筹办北京奥运会之时，四川发生特大地震。在巨大灾难面前，世界看到了中国人民在抗震过程中展现出强大的智慧、速度和力量，看到了万众一心、众志成城，不畏艰险、百折不挠，以人为本、尊重科学的伟大抗震救灾精神；看到了北京奥运会

---

[126] 愈吾金. 意识形态论[M]. 上海：上海人民出版社，1993：127.

[127] 一个伟大民族与一项伟大运动的历史性融合——写在北京2008年奥运会开幕之日[N]. 人民日报，2008. 8（8）：3.

各项筹办工作在紧张有序地推进。这些本质上和奥林匹克精神是一脉相通的，是对奥林匹克内涵的最好诠释。

如果说，2008年奥运会申办成功，是世界对中国改革开放的承认，是改革开放圆了中国人民的百年奥运梦想；那么2008年奥运会的筹办与举办，则使世界见证了一个事实：奥运会已经融入了中国改革开放的发展历程。

于是，主流话语为我们设定了这样一个共识的推论过程：国家独立——改革开放——国力增强——获得金牌——国际地位提升——获得奥运主办权——团结抗震——成功举办奥运。"文化也是一种权力，一种能够把现存社会安排合法化的符号权力"[128]，借此隐喻党和国家领导的合法性，体现了国家在文化身份建构中利用媒介事件传递意识形态的"建构知识——形成社会规范和价值——塑造社会共识和合法性"的话语过程。

二、媒介议程的设置与铺展

议程设置是传播学中用以解释媒介意义生产的经典理论，它的核心观点与李普曼的拟态环境说相一致，我们生活的世界存在着两种"环境"，一个是现实世界的"客观环境"，另一个是经过媒介选择、加工和传播之后的"拟态环境"。由于个人没有接触整体世界的能力，同时又受到多方面因素的制约，于是"媒介影响着我们头脑中的'图像'"。正如科恩所说："媒体不能告诉你怎么想，但却可以告诉你想什么。"议程设置假说经过麦库姆斯和肖的实证研究得到验证[129]，"大众传媒的新闻报道活动以赋予各种'议题'不同程度的显著性方式，影响着人们对周围世界的'大事'及其重要性的判断"[130]。直至今天依旧是国际理论界最为活跃的媒介理论，在媒介实践中也得到了广泛运用。不过，本书对奥运传播中媒介议程设置的观察并不是为了说明议程本身

[128] （美）戴维·斯沃茨. 文化与权力[M]. 陶东风，译. 上海：上海译文出版社，2006：147-148.

[129] 美国学者麦库姆斯(Maxwell E. McCombs)和肖(Donald Shaw)在1972年发表的《大众传媒的议程设置功能》一文中，通过对查普尔希地区的调查发现，媒介提供的议程和公众关心的议程之间存在着明显的关系。

[130] 郭庆光. 传播学教程[M]. 北京：中国人民大学出版社，2005：215.

如何得到设置的，而是侧重分析主流媒体议程设置作为文化身份建构中的一种话语方式，是如何在奥运传播的语境中得到呈现，如何建构起一种可以用以身份建构的意义框架。

（一）通过主题议程传递主流话语的控制力

从议程设置的角度来说，媒介具有媒体被视为承担了广泛社会利益的社会机构，其基本职能就是满足社会公众的各种精神文化需要，即"社会公器"的"公共利益"诉求。中国的主流媒介旗帜鲜明地把引导舆论作为自己的一项任务，将奥运传播的议程与舆论导向紧密联系在一起。同时，主流媒体所传递的意识形态与中国特色的媒介所有制及经营管理体制密切相关，中国的主流媒体大多直接归国家所有，党报理论的长期影响也使得媒介带有鲜明的工具色彩，对社会主题事件的发展具有较强的控制力量。

回顾奥运期间的国内外报道，诸如"一个世纪的奥运梦想见证了中华民族伟大复兴的脚步""2008北京奥运开幕式——中华民族复兴的加冕大典"这样洋溢着自豪感的语句不胜枚举。以北京奥运火炬传递的议程设置为例，首先，对惯常的播出状态的"垄断性"干扰，打破了日常的播出节奏，引导受众做仪式性的观看，向观众提供火炬接力启动仪式的见证，并在收看的过程中完成对媒介事件的参与。对北京奥运火炬接力仪式的直播中断了节目正常的播出节奏。2008年3月31日上午，中央电视台综合、奥运、新闻频道及中、英、法、西语国际频道对北京奥运会圣火欢迎仪式暨火炬接力启动仪式进行了为时约120分钟的直播报道。其次，火炬接力启动仪式通过直播前的前奏引导、规模宏大的直播、各媒体的转播跟进、事件结束时受众又被引导回原状态，完成了一次媒介事件的全过程。启动仪式与24日的奥运圣火采集、30日的圣火交接仪式的直播相连续，在央视各频道、央视国际网站以及多个合作媒体都提前预告，渲染气氛。"3月20日至30日，央视国际新闻部围绕火种采集和希腊境内的火炬传递，在新闻频道各档新闻内播出新闻162条次。《国际时讯》《新闻30分》等多次连线在希腊、阿拉木图、圣彼得堡、伦敦等地的记者，报导圣火采集和传递的最新情况。直播进行中，动用了视频连线和多辆直播车等技术向全球电视媒体提供高质量的公用信号，使规模宏大的直播实况得以实现。直播结束后，紧接着播出的

《新闻30分》和其他新闻节目对该事件又作了详细报道。"[131]

此外，虽然在奥运筹办过程中，类似和谐社会、科学发展观等主流意识形态的话语资源被广泛地使用。如《南方周末》评论指出："'鸟巢'的'瘦身'及其缓建，则应视为例行科学发展观的一个信号，我们希望这个信号能够发挥指示的作用，乃至于使它成为落实科学发展观的一个缩影"，但随着奥运会举办日期的临近，这种反思的声音很少在媒介中出现，奥运火炬传递报导中，主流话语的控制力在各类媒介中都得到了进一步加强，即便是自由度相对较高的网络新闻媒介，也展现了一致的叙述基调。可见，主流话语所设置的议程具有鲜明的意识形态正当性，统一于国家主导的文化身份建构的整体话语系统之内。

（二）对外传播中议程的设置与反设置

上一节中提到当代中国亟待在对外传播中重建中国文化形象，这也涉及到媒介议程的设置与反设置的矛盾。由于我国媒介议程和西方舆论所设置的议程之间长期存在着整体差异，我国的主流媒体所设置的媒介议程很难到达西方舆论的议程之中；由于东西方新闻传播实力不平衡，西方发达国家媒体为发展中国家设置"媒介议程"由来已久，由此可能左右在新媒体环境中的舆论。尤其在一些敏感问题上，我国的媒介议程不仅面临着与西方舆论进行"议程竞争"，甚至出现被西方媒介的议程"反设置"。

北京奥运之前，西方媒体炒作北京奥运的负面话题，从"东方主义"和"中国威胁论"的角度设置议程，对"和谐中国"议程倾向于从负面进行议程反设置。如2007年7月23日，美联社刊发长篇报道《中国搜集被认为有可能破坏2008奥运会活跃分子的情报》[132]，将中国正常的奥运会安保措施罩上政治色彩。2007年11月12日，美国《华盛顿邮报》和《国际先驱论坛报》刊登文章称"北京宣布要把近3万名在2008年奥运期间赴中国采访的外国记者数据输入数据库"，"报道北京奥运的外国记者已经进入中国政府的追踪名单"，这些媒体指责此举"和中

---

[131]　李琛. 作为媒介事件的北京奥运火炬接力启动仪式直播[J]. 东南传播，2008（17）：17.

[132]　《美联社：中国搜集有可能破坏08奥运活跃分子情报》，资料来源：中国网，http://www.china.com.cn/international/txt/2007-07/29/content_8593549htm.

国政府许诺的奥运期间新闻自由背道而驰"[133]。有国内学者曾经抱怨，20世纪90年代以来，美国主流媒体"遏制中国"的舆论基本框架是将中国描述成"一个共产主义专制国家，是西方社会制度和西方民主理想的大敌，西方媒介应该对任何反对中国和中国政府的新闻事件进行正面报道，要将中国塑造成一个像前苏联那样的共产主义'恶魔'"[134]。

针对国外媒体对奥运议程的反设置，奥尔波特认为"流言的流通量R与问题的重要性i和涉及该问题的证据暧昧性a之乘积成正比，即R＝i×a。也就是说，在问题的重要性i的值相对固定的情况下，采访受限值a越低，流言的流通量就越低。由于语言问题与意识形态差异，影响了世界对中国的认知，在很大程度上消解了中国在对外传播中的正面形象，为了扭转这一被动局面，2006年底中国制订和公布了《北京奥运会及其筹备期间外国记者在华采访规定》等多部法律法规。为帮助境外媒体采访报道好奥运会，北京奥组委及相关部门在为媒体使用卫星新闻转播设备、媒体物资通关等方面尽可能提供方便，并且对境外媒体采访采用"零拒绝"标准。用奥尔波特公式[135]评价这一举措，正好可以证明"零拒绝"的良好效果。虽然存在着重重阻碍，但不能否认官方话语呈现出了前所未有的开放与包容性。

中国在北京奥运期间展开了大规模的国家公关，其中就有大量活动是通过中外合作的著名公关公司进行的，显示出中国对外宣传由防御向外向与务实的转变。2005年开始，北京奥组委聘请伟达公共关系顾问公司(Hill & Knowlton Inc.)作为北京奥运的公关代理机构，每日编写一份《北京奥运会国际媒体监测情况汇总》，里面摘录了法新社、路透社、《华尔街日报》《金融时报》等国际主流媒体对奥运会的相关报道。并且为奥组委做形象推广，邀请国际媒体来华观察。先后邀请了18批、近200位国际媒体的记者前来中国，安排他们和奥组委领导沟通，去环保、交通等相关部门参观。《纽约时报》专栏作家托马斯·弗里德曼在受邀参观中国后曾写道"没错，如果你从北京往外走，驱车一个小时就

[133] 《深圳商报：西方媒体鸡蛋里挑骨头 北京奥运频遭谣言伤害》，资料来源：腾讯网，http://2008. qq. com/a/20071124/000018htm.

[134] 何英. 美国媒体与中国形象[M]. 广州：南方日报出版社，2005：77.

[135] 美国社会家C. W. 奥尔波特和L. 波斯特曼总结出关于谣言流通量的公式R=i×a，其中R=rumor（谣传），i=important（重要性），a=ambiguous(暧昧性)。

会看到中国广阔的第三世界。但新意在于：中国的富裕部分，北京或上海或大连的现代部分，如今比富裕的美国要先进"[136]。类似的言论在消除西方媒介议程"反设置"的不良影响中起到了很好的效果，很大程度上消除北京奥运举办之前的抵制声音。

（三）铺展奥运议程引导文化身份意识

奥运会的周期性特点使其成为一种日历式的媒介事件，既定的奥运日程就是奥运传播议程设置的时间线索，主流媒介根据自己的价值观和报道方针，从现实环境中选择认为重要的内容进行加工整理，赋予媒介意义以一定的结构次序，然后以新闻信息的方式提供大众，引导文化身份意识。

媒介议程同步于奥运周期中的主要时间节点。2007年3月，在北京奥运会开幕倒计时500天前夜，全国15家主要城市的市民报与搜狐网联合组建了"全国奥运媒体联盟"；8月，奥运会开幕倒计时1周年之际，南方都市报、楚天都市报等11家国内主要城市的市民报也联合组成"捷报奥运联盟"。报道分为三个阶段进行：第一个阶段为准备性阶段，在奥运会开赛前1年左右的时间内，对于奥运会进行相关性报道，体育版上穿插一些奥运的相关报道，使受众能够及时地了解信息；第二阶段为预热报道阶段，在开赛前的3个多月设立专刊，报道奥运备战情况，加大受众的关注程度；最后是奥运会举办期间的主体赛事报道阶段。

在打破人们的常规生活的大事件中，的确会出现超常规的"媒体依附"，它以特殊的形式左右着媒介议程，进而影响人们的价值判断。在对北京奥运圣火接力启动仪式的报道上，《中国体育报》以头版整版对仪式进行报道，采用五行套红标题编发新华社通稿并配发社论，同时配以国家领导人胡锦涛手持火炬的特写大幅图片，这种超高规格的编辑处理方式就体现出主流媒体对国家权威的服从与依附。通过强调社会结构的连续性和稳定性，通过认定共同分享假设的现实性，新闻报道提供的关于社会情境的定义再次符合并加强了基本的共同观念。中国的主流媒体，特别是一社（新华社）、两台（中央电视台和中国国际广播电台）、两报（《人民日报》海外版和《中国日报》）在议程设置中遵循

---

[136]　沈亮. 一个国家的公关：解读奥运背后的专业公关力量[N]. 南方周末，2008，9（3）.

　　"紧扣奥运会宗旨，淡化民族主义或爱国主义，有针对性地提供多元化奥运议题，设置全世界感兴趣的、有新闻价值的大众命题，全面展示新世纪中国的发展巨变和崭新形象"[137]的原则。

　　在具体的媒介议程中，"社会参与奥运"议题的大量报道，对官方话语进行"软化"处理，例如2007年9月至11月，新浪网站关于奥运的报道有"官方行动""社会宣传""社会参与"和"服务"四大议程，其中官方行动仅占17%[138]，而更多的侧重于社会宣传与参与的内容，占据了全部议程的34%，其中大量关于奥运火炬手和奥运志愿者的个性化报道。如果说奥运传播是典型的组织传播形式，那么代表官方行使话语权力的主流媒体便成为奥运传播中的意见领袖。但是，奥运传播中，主流媒体对官方话语的意识形态传递并不是简单依靠直白的政治宣传，而是通过一系列媒介议程设置，巧妙地将意识形态话语与全民族对复兴和凝聚的价值理想相结合，将集体与个体层面对文化身份的体验都纳入到了主流话语所设置的媒介议程之中。

　　但是，在国家主导的媒介议程设置中，大量主流媒体倾向于在相对集中的时间内集中进行某一主题事件的报道。例如，中央电视台于2001年7月13日推出了《新奥运》特别节目，CCTV-5体育频道围绕申奥播出了从13日12点至14日凌晨1点40分总计时达14个小时的专题节目；CCTV-1、CCTV-4、CCTV-9则从13日21时起与CCTV-5并机持续播出到14日凌晨2点。节目总体大致分为两个段落：晚上10点10分投票结果揭晓之前为第一段落，包括对申办各国陈述的全程直播、演播室访谈和知识性专题节目。第二段落则是北京获胜后的欢庆报道。在中央电视台迅急插播了一档反映全国各地欢庆的新闻：照亮夜空的礼花，排山倒海的欢呼，万众欢腾，激情宣泄，随后跟进播出的庆祝新闻覆盖了全国所有省份，同时中央电视台当时13个驻外记者站都快速发回了全球华人共庆申奥成功的报道。接着的14日，中央电视台的几个知名栏目都相应推出了相关的节目。《东方时空》7月14日早晨推出33分钟申奥特别节目《大喜的日子——新北京迎来新奥运》，展现了1993年来的8年时间北京城市的变化和以及申奥人士（包括官员与知名运动员）、普通市民的

---

[137]　陈日浓. 中国对外传播史略[M]. 北京：外文出版社，2010：208.

[138]　李莉. 奥运前期报道媒介议程分析[J]. 新闻记者，2008（4）：18.

申奥历程和体验，随后几天的专题报道几乎全部围绕着该事件。7月14至15日，《新闻联播》都延长节目时间，以便对奥运会的历史事件作全景展示，同时各档滚动新闻由原来5分钟延长至10分钟，随时补充、插播、链结申奥胜利的最新动态内容。在奥运会会徽的揭幕仪式上，上面这一套运作过程又被非常类似地运用，并且在直播史上还首次动用了先进的"移动直播室"技术。该揭幕仪式在CCTV-5、CCTV-4、CCTV-9以及央视国际网站的直播长达2个小时，包括沿长安街的护送徽宝至祈年殿的直播以及祈年殿会徽揭幕过程。在北京奥运的开幕式以及赛程的转播中同样可以发现这样"大一统"的媒介议程运作模式。

这样集中的信息轰炸，体现了中国社会自上而下的民族情绪宣泄，但是客观上，也极易出现信息量过载，对媒介报道的日常议程出现"干扰"，对集体文化身份的建构产生副作用。规律有序的日常电视节目安排会随着奥运会进程的高潮起伏不断做出新调整，日常收视惯例与频率将会打破。因而，在文化身份建构中要避免媒介传播信息集中轰炸下主体对过渡意义的抵抗，这需要将媒介融合的信息传播手段与议程铺展的结合，生成可读性的意义系统，引导社会心理对主流媒体所设置的媒介议程的接纳。其中涉及到社会个体文化身份建构中与国家主导下文化身份建构的意义协商，这将在本文的第三部分进行阐述。

三、媒介仪式的情感机制

媒介仪式是大众传媒和受众对特定情境的共享性活动，是对象征资源、象征符号的共同分享过程。媒介本身正在成为一种仪式，"使人们从原有的社会结构中暂时脱离出来，进入并经历一系列的仪式活动，然后重新聚合到社会结构中"[139]。奥运会每4年在不同国家的特定城市（空间）和特定时段（时间）举行。相对于传统的仪式活动场所，这是一个重新营造的人类仪式语境，全世界的人们都可以作为参赛国国民代表自己的国家进行参与，感受集体的荣誉与人类的狂欢，它是带有宗教意味的庄严神圣的现代世俗仪式活动。对于奥运会的仪式意义，"运动员和观众共同参与就是仪式。奥林匹克更是群体仪式，远远超过一场球赛之

---

[139]　（英）维克多·特纳. 仪式过程：结构与反结构[M]. 黄剑波，柳博赟，译. 北京：中国人民大学出版社，2006：94-95.

类的普通竞技，奥林匹克有它的团体意义，它本身是在一个宏大过程中举行的仪式和积极的参与"[140]。在国家主导的文化身份建构中，媒介仪式为文化身份主体提供了在统一的意义世界中进行身份模拟的机会，在重返日常生活秩序之时，既有的文化身份也得以巩固。对于这一过程的实现，媒介仪式的情感机制是重要的话语方式，它具有召集、放大、转移与宣泄的功能。

（一）媒介仪式对情感的召集与放大

媒介仪式创造情感互动的机会，也具有情感召集与放大的效应。1996年亚特兰大奥运会曾以"世纪庆典"作为口号，以突出奥运会热烈、欢快、隆重的特色。同时，仪式也将各种情感因素融合为想象中的征服与超越。

媒介仪式中，集体文化身份以一种象征性的情感铺展开，让民众沉浸在一种"无差别的欢庆与分享"[141]之中，给人以心灵慰藉，团结社会各个阶层中的各种群体，使社会达到一种动态的平衡。同时，媒介仪式也可以成为一种建构身份的手段，通过主导话语的传播和表达方式来维护共同体中的核心价值。"仪式之所以被认为有意义，是因为它们对于一系列其他非仪式性行为以及整个社群的生活，都是有意义的。仪式能够把价值和意义赋予那些操演者的全部生活。"[142]奥运会从古希腊时期开始便具有浓厚的仪式性质，现代奥运仪式是指围绕奥运会举行的一系列礼仪性活动，包括圣火传递仪式、开幕式、闭幕式、颁奖仪式等。在现代日常情景中，传媒作为一种仪式性手段已经牢固地嵌入大众日常生活结构中，奥运会经由大众媒介的惯例性传播，俨然成为一种媒介仪式活动。在北京奥运会的点火仪式上，当李宁被程小东团队那高超的威亚技术升至空中时，"夸父追日"的图腾象征演绎中国人历经患难追逐强盛的符号意义，中国人对北京奥运会所抱有的期待背后，是一种展示强盛的急迫心情，一种继续推动中华民族的复兴与强盛的情感诉求。

---

[140] （加）麦克卢汉著. 麦克卢汉如是理解我[M]. 何道宽，译. 中国人民大学出版社，2006：171.

[141] 张兵娟. 媒介仪式与文化传播——文化人类学视域中的电视研究[J]. 现代传播，2007（06）.

[142] （美）保罗·康纳顿. 社会如何记忆[M]. 纳日碧力戈，译. 上海：上海人民出版社，2000：50.

此外，"祝福"和"誓言"也是奥运仪式不可缺少的部分，奥运仪式中必不可少的运动员宣誓就是典型的象征意义。这一环节通常由主办国家的优秀运动员代表来完成。"我代表全体运动员承诺，为了体育的光荣和本队的荣誉，我们将以真正的体育精神，参加本届运动会比赛，尊重和遵守各项规则。"这种"祝福不仅是虔诚的期望，它用词语来布施宿命。发誓和诅咒、祝福一样，是自动生效的魔词，在伴随的说法不能得到确认的时候，它就让发誓者听命于这种魔力；宣誓作证被认为能用来判决是否有罪。咒骂、祝福和发誓，以及其他出现在仪式用语中的动词，共同预设了某种态度——信任和尊敬、服从、悔悟和感激"[143]，这类程序性的仪式通过媒介传播，也成为具有身份建构意义的媒介仪式。

开幕式中身着民族特色服装或某个国别运动服装缓步入场的本国运动员及其国家形象代表能引起电视机前的参赛国民众的"集体欢腾"；竞赛过程中本国运动员的每一次项目赛场角逐的胜利、第一块金牌或突破性的奖牌的获得也会激起民众的集体欢腾。这种欢腾是无节制的情感疯狂，个体将自我融入伟大的集体、民族、国家的共同的唯一自我中，"他们抛弃了日常的、平凡的、个人的事物；相反，他们转入了伟大的公共领域"[144]。具有凝聚社会力量功能的奥运仪式发挥着潜在的意识形态效果，也作为一种独特的文化透镜，在媒体所营造的欢腾的时代语境中，分散的民众被聚集在了集体的庞大荣誉象征体系中，官方话语在政治上的合法性得到一如既往的维系、巩固与强化。

（二）媒介仪式对情感的转移与宣泄

在文化身份的主导式建构中，主流话语借助媒介仪式进行情感的转移与宣泄，并生产出积极的意义框架以进行自我文化身份的确认。

体育竞赛不仅可以填充公私领域之间的空隙，而且在和平时期体育竞赛扮演"最为盛大的人民庆典"的角色，"参赛的个人或团体都被视

---

[143]　（美）保罗·康纳顿. 社会如何记忆[M]. 纳日碧力戈，译. 上海：上海人民出版社，2000：66.

[144]　（法）莫里斯·哈布瓦赫. 论集体记忆[M]. 毕然，郭金华，译. 上海：上海人民出版社，2002：43.

为是民族国家的"[145]。奥运会在整个过程中充满了举国狂欢式的集体情感宣泄。涂尔干将其称为"集体欢腾",它在媒介仪式中注满了激情、活力、兴奋、自我奉献以及完全的安全感。

2008年汶川地震之后,民族情感的积聚本身就成为具有仪式作用的媒介事件。在5月19日全国哀悼日的直播画面中"汶川加油、中国加油"的口号很自然地与"奥运加油"的口号连接在一起。随后,在"多难兴邦"的情感鼓励下,中国人一边继续悲痛而有力地投入到抗震救灾的行动中,一边更团结高效地投入到奥运会开幕的准备中。于是在媒介仪式中形成了奥运报道与抗震救灾报道相互穿插的议程,显示出高效的情感转移与宣泄的功能——化悲痛为力量——一个前景无限美好的民族总能在每一个灾难面前重建起更高层次的生命观和存在感。在北京奥运会开幕式上,中国代表团旗手姚明手牵着地震小英雄林浩的一幕,将地震救援的情感升华与中国富强的民族梦想结合在一起,成为"多难兴邦"的最好注脚。

此外,对情绪的宣泄也是在对"他者"进行一种模拟的征服,有助于克服文化身份意识中对他者的回避与抗拒,"电视对奥运会的再现虽然看上去是一种简单的录制,却将全世界的运动员之间的体育比赛变成了各个民族冠军之间的较量"[146]。根据央视——索福瑞媒介研究有限公司(CSM)在24个城市测量仪的数据,仅北京奥运开幕式当天CCTV-1和CCTV-5的市场份额就大大高出平时,达到81.78%,获得了绝对强势的收视市场。在奥运举办期间,凡是有中国运动员参加的具有夺金实力的比赛,几乎都受到了中国观众的"热捧",三个主频道收视排名前20名的奥运赛事,全部是有中国健儿参加或中国健儿夺金的项目[147]。"媒体上有关体育的影像往往是胜利时刻的展现,也是人们的情感达到高潮的一刹那。其言下之意是,我们彻底征服了'他者',获得了文化上的优势地位。"[148]

[145] (英)埃里克·霍布斯鲍姆. 民族与民族主义[M]. 李金梅,译. 上海:上海人民出版社,2006:139.

[146] (法)皮埃尔·布尔迪厄. 关于电视[M]. 许均,译. 沈阳:辽宁教育出版社,2000:101.

[147] 郝全梅,侯肇庆. 奥运会媒介事件的价值探讨[J]. 山西大同大学学报(社会科学版),2007(4):54.

[148] (美)包尔丹. 宗教的七种理论[M]. 陶飞亚等,译. 上海:上海古籍出版社,2005:129.

四、集体记忆的书写

记忆"把无数单个现象连成整体"，"要不是物质吸引力把我们的躯体凝聚在一起，我们的躯体早就分裂成无数原子了；同样，要是没有记忆的凝结力，我们的意识也早就分崩离析了"[149]。集体记忆即是一个具有自己特定文化内聚性和同一性的群体对自己过去的记忆，"是一个群体或者种族的传统和文化积淀。离开社会记忆，将无法把握社会自我发展、自我完善的内在机制，无法真正理解历史必然性和规律性"[150]。

有关集体记忆的研究首先源自法国社会学家涂尔干关于"集体意识"的研究，涂尔干的学生莫里斯·哈布瓦赫完善了集体记忆的理论。他指出，集体记忆不是一个既定的概念，而是一个社会建构的概念，"要到发生在我们身上的事情当中去体会各种事实的特殊涵义，而社会思想无时无刻不在向我们提示着这些事实对之具有的意义和产生的影响"[151]。扬·阿斯曼将"文化记忆"的概念引入到集体记忆的研究范畴，"每个社会和每个时代所特有的重新使用的全部文字材料、图片和礼仪仪式……的总和。通过对它们的'呵护'，每个社会和每个时代巩固和传达着自己的自我形象。它是一种集体使用的，主要（但不仅仅）涉及过去的知识，一个群体的认同性和独特性的意识就依靠这种知识"[152]。台湾学者翁秀琪认为集体记忆是一种凝聚的策略，它包括："族群凝聚——各种集体记忆都有其对应的社会群体，'共同历史'对族群的凝聚非常重要，并且历史起源可以是客观事实也可以由主观重建；认同变迁——历史记忆经由选择性遗忘和记起来凝聚社群与塑造认同，因此族群认同变迁也是以凝聚新集体历史记忆与遗忘旧记忆来达成；民族体形成——民族也是由集体记忆来凝结传达，用以创造和追溯共同的历史记忆，维持、修正族群边界。"[153]

---

[149]　（俄）汉斯·J. 马尔科维奇. 有意识的和无意识的回忆形式[A]. 载于（德）哈拉韦尔德·韦尔策编. 社会记忆：历史、回忆、传承[M]. 季斌，王立君，白锡堃，译. 北京大学出版社，2007:159.

[150]　孙德忠. 重视开展社会记忆问题研究[J]. 哲学动态，2003（03）.

[151]　（法）莫里斯·哈布瓦赫. 论集体记忆[M]. 毕然，郭金华，译. 上海：上海人民出版社，2002：43.

[152]　（德）扬·阿斯曼. 集体记忆与文化认同[A]. 见：扬·阿斯曼，托尼奥赫尔舍. 文化与记忆[M]. 法兰克福：法兰克福出版社，1988：09.

[153]　翁秀琪. 集体记忆与认同构塑—以美丽岛事件为例[J]. 新闻学研究，2000（68）.

奥运会是由国际奥委会、举办方和国家大众传媒机构所组织的、广为人知的提前策划和宣传事件。新一次的奥运会从国家之间的申办成功到举行一般要经过4～8年的准备、预测时间；国家奥委会以及举办方城市借助大众传媒往往会掀起一轮又一轮的宣传提示热潮，奥运会标、吉祥物的设计、比赛会馆场所的修建、周年庆典音乐会以及地铁、露天的广告牌无不激起国民对即将到来的奥运会的积极期待和提醒。因此，在北京奥运中，国家在集体文化身份建构的话语方式中，集体记忆的书写是又一种凝聚策略，它连接了历史与记忆，集体与个体，并借由媒体在公众记忆中再现并绵延。

（一）集体记忆在媒介传播中再现

民族国家的凝聚力是一个动态的、垂直建构的历史过程，它们试图通过组织集体记忆将时间和空间粘合在一起，藉由有特定价值的选择性记录唤起群体记忆，告诉他们是谁、从何而来、曾经遭遇过什么。现代社会集体记忆的形成离不开媒介传播的意义功能，在集体身份的建构过程中，民族国家的话语体系需要借助媒体的再现策略来达成。媒介具有储存并分类过去的作用，这一中介的过去变成合理化权力的资源足以凝聚共识加强认同，媒体再现与集体记忆之间的因果关系好比艾布拉姆斯所做的"镜"与"灯"的比喻。"镜"概括了心灵通过模仿的方式反映外部世界的观点，而"灯"体现的是心灵的光芒照耀在它所感知到的事物上（非模仿的方式）[154]。媒体凭借对以往或现实世界的象征性表征赋予群体(或个体)意义，形成对历史或现实的感知与记忆，从而取得共识。

印刷时代，报纸将时间印在纸面上，原先空洞的时间概念被清晰地"记载"在纸面上，使得人们得以"通过今天的报纸区隔过去与现在，并且取代晨间祈祷仪式，以晨间读报的方式联结'我们'对于'共同历史'的认同"[155]。电子时代，电视直播将生活中已有的纪念集会和由媒体生产的"历史事件"一起"推入"我们的视线，使人们不到现场就能感受"过去"。它参与书写个体和民族的文化身份，也是唤起民族凝聚

---

[154]　（英）丹尼·卡瓦拉罗. 文化理论关键词[M]. 张卫东等，译. 南京：江苏人民出版社，2006：43.

[155]　吴瑛. 文化对外传播：理论与战略[M]. 上海交通大学出版社，2009:83.

力，实现民族文化整合的途径。利用媒介对重大事件进行纪实性再现。在按照历史性建构的轴线上，国家民族存在于神话史诗、教科书、博物馆和其他有关族群起源的宏大叙事中，但是在共时性的信息传播上，大众传播媒介具有其他文本形式无法比拟的功能。

"今天的新闻是明天的历史"，我们已经习惯在媒介报道中去模拟整体的社会样貌，媒介对社会的记录功能使得它成为转型社会中"史官"的不二之选，将有关重大事件的集体记忆融入民族叙事，媒介也就成为贮存社会记忆的超级容器。

除了常规的新闻报道以外，大量有关集体记忆的记录也会沉淀在其他的媒介文本样式中，历史事件化身为故事本身，在叙事中重建过去；借助惯例性的情节设计、故事结构中再现民族共同体的诸多文化成份，借助于对民族国家的辉煌成就、历史变迁以及对伟人的集体记忆来重复性的巩固集体文化身份。

在奥运传播的媒介意义生产中，隐现着中华民族对于"东亚病夫"的集体记忆，"东亚病夫"一词源起于"东方病夫"。1896年《伦敦学校岁报》有专文论及"东方病夫"问题，同年10月17日由英国人在上海办的英文报《字林西报》转载，同年11月1日的第十四册《时务报》也转译了该文："夫中国——东方之病夫也，其麻木不仁久矣。然病根之深，自中日交战后。地球各国，始悉其虚实也。"[156]随着时间的推移，"东亚病夫"的含义逐渐由国力虚弱，国人体质衰弱与精神麻木，演变为外国人藐视中国人体质衰弱的专称和中国落后的代名词。80年代初，作为第一部引进内地的香港片，电视连续剧《霍元甲》充满英雄主义的诠释，应和了国人"振兴中华"的呼声"东亚病夫"的集体记忆，在国人的心中刻下了深不可灭的烙印，伴随类似题材的媒介文本（如抗日题材的影视作品）的传播而反复浮现。

对"东亚病夫"这一集体记忆的召唤，成为北京申奥成功最好的注脚。让我们有了充足的理由去欢庆北京奥运会申办的成功，也成为传媒建构民族复兴这一激动人心前景的最好诠释框架。"集体记忆在本质上是立足现在而对过去的一种重构"，也就是哈布瓦克所强调的"现在中心观"，即集体记忆的当下性。依据集体记忆理论的理解，人们头脑

---

[156] 李宁. 东亚病夫的缘起及其演变[J]. 体育文史，1987（06）：20.

中的"过去"并不是客观实在的,而是一种当下社会性的建构。这一观点在康纳顿的研究中被凝缩为集体记忆是"建立在回忆基础上的有序期待",以现行社会机制为准对过去进行选择、加工、过滤,"东亚病夫"的记忆之所以能在传媒中一再得到呈现,原因就在于我们已经拥有了"现在",我们可以通过今昔对比,来自豪地面对当下,更可以由此展望未来。

例如,跨度长达7年的纪录片《筑梦2008》就是集体记忆在媒介中再现的典型文本。《筑梦2008》用了7年时间跟踪中国人筹备奥运会的经历,采用时间的叙述手法,以调查取证的方式"同步记录历史",以北京2008年北京奥运会主会场的设计竞赛、评选及建造将近7年的事件过程为影片的结构线索,穿插叙述一个普通的家庭、一名跨栏运动员、三名体操运动员、一组特警战士对奥运会的期待和为之付出的努力,描绘出一幅关于中国人民准备2008年奥运会过程的全景图,影像化表达了"同一个世界、同一个梦想"的主题。这些再现的事件细节会同个体层面的记忆内容相勾连,被有意识地进行一再的整理,就像博物馆是"储存记忆与再现生活的最佳场所",它可以记录不同群体的时间与空间存在,成为另一意义上的"博物馆",通过对不同时空轴线有意识地具象再现,它营造了一个"集体想象"的空间,并连接了过去、现在与将来,成为集体记忆的贮存方式。

(二)主流话语对集体记忆的主导

对于重大的历史事件,亲身经历的人们都会有自己的记忆。我们可以记录下自己对于北京奥运的个体感受,也可以很容易地检索到奥运会的直接组织者、运动员或是媒体工作者关于他们自己的奥运记忆,例如大量的博客文字、访谈录、自传等。这样一来,记忆成为了一种容器,将当时当地的亲身感受进行了一种书写式的封存。但是,个体记忆并不能够像集体记忆那样对文化身份产生建构性的影响,原因在于社会生活之中个体经验总是零散、片段式的,而集体记忆则是"以当前为目的,是证实集体成员的同一身份、巩固他们之间联系的一种社会活动,对历史的记忆随群体面对的一些问题而有选择的重塑,这种记忆不建立在个人的回忆之上"[157]。

"群体的记忆如何传播和保持，会导致对社会记忆作为政治权力的一个方面，或者作为社会记忆中无意识因素的一个方面加以关注，或者兼而有之。"[158]北京奥运会在21世纪初中国的集体记忆中无疑是浓墨重彩的部分，使特定民族记忆在直观生动的文本中被唤醒，形成关于国家民族的身份意识。如前文所述，奥运传播中官方话语有意识地沿着奥运的脉络描绘民族复兴的历程，横向看是一个国家的崛起、面向全世界的中外文化交流，纵向看是30年（改革开放）、100年（对奥林匹克的期盼）、168年（近现代史）甚至2000年（奥运会的历史）与5000年（中华文明的灿烂历史）的串联，强调中国奥运的成功与荣誉都集中在20世纪80年代之后（事实也的确如此），似乎以往的苦难都在集体的欢腾中得到补偿，这种集体记忆会作为文化资本被珍藏并且经常被转述至日常的社会生活之中，成为经典的文化宝藏。这对于提升社会整体的文化自信有着长远的影响力，也将典型的民族文化符号与意识形态话语巧妙地插入集体记忆的层面。在经过系统整理与编纂之后，主流媒介的记录会成为"正史"。也就是说，主流媒体对北京奥运的报道将占据集体记忆的大部分空间，后世关于北京奥运的理解与评价也将受到主流媒体报道倾向的左右。

（三）共同回忆对集体记忆的循环强化

记忆决非一个被动的大脑存储保管系统，而是一种积极主动的建筑力量，它拥有自己的建立知识体系的方法。"记忆与其说是对过去的忠实呈现，不如说是对自那同一个（过去）以来便不断更新的重新建构。"[159]北京奥运会结束之后的许多时间节点，如周年纪念等，都会举行有组织的纪念性活动。在北京奥运一周年之时，全国各地都举行了回顾奥运的纪念活动。2009年8月8日成为第一个"全民健身日"，北京在国家奥林匹克体育中心举行为期3天的"全民健身嘉年华"系列活动，同时面向社会公众组织开展全民健身科学报告会、奥运纪念展览以及联

[157] （法）皮埃尔•索尔兰. 一种没有回忆的回忆[J]. 东南学术，2005（06）.

[158] （美）保罗•康纳顿. 社会如何记忆[M]. 纳日碧力戈，译. 上海：上海人民出版社，2000:43.

[159] （法）弗朗西斯柯•德利奇. 记忆与遗忘的社会建构[J]. 第欧根尼，2006（2）.

欢会、音乐会等。

这样的共同回忆是政治权力参与集体记忆的一种方式，"作为一种记忆手段，纪念仪式明确地指涉原型人物和事件，并通过重复操演话语和姿态、手势来使人记忆过去。另外，为使仪式有效地发挥记忆作用，必须通过操演，而操演的基础是身体。蕴含意义深刻的集体记忆为人们所亲身经历，这些记忆在身体中积淀，人的身体实践是传承集体记忆的方式之一"[160]。北京奥运调动起来的全民参与热情会产生一种高峰体验的惯性，并通过记忆的共享，"在想象中通过重演过去来再现集体思想"[161]，容纳更多的声音介入到现有的意义框架之中，有助于形成一种凝聚感，为文化共同体找到一种特有的方式描述他们自己的事实。

综上所述，在国家主导的当代中国文化身份建构中，这几种主要的话语方式同时发生作用并且相互辅助，构成了文化身份建构的主导意义框架，它既具有明显的目标指向，也成为主体对自身文化身份定位的"官方地图"。不过这些话语方式搭建的意义框架并不能够完全支撑起现实的文化身份建构，它还需要一个动态的身份调适机制，以整合上述话语方式，适应变动不居的社会文化现实。

第三节　当代中国文化身份建构的危机——调适机制

文化身份的建构过程中虽然不存在规定的效果检验标准，但它隐含着一个假设——文化身份的建构会受到社会危机的挑战并进行调适。虽然代表国家意志的官方话语在奥运传播与文化身份建构中居于主导地位，但是它的作用方式并不是赤裸的暴力统治，也不是曾经大鸣大放的皮下注射式宣传，更多的是通过意义互动不断修正与完善。北京奥运前后，一系列危机事件证明虽然这一过程并不像主导话语方式那样清晰，但它的确是不容忽视的部分。

---

[160]　李兴军. 集体记忆研究文献综述[J]. 上海教育科研，2009（04）：8-9.

[161]　（法）莫里斯•哈布瓦赫. 论集体记忆[M]. 上海：上海人民出版社，2002：43.

一、集体文化身份的建构受到危机事件的挑战

现代化与全球化带来的文化身份的迷思，使得主体必须面对更多的不确定性。社会快速发展中各种不确定性因素潜行到集体层面，对现有文化身份的确认发生反向的解构作用。虽然文化身份在集体层面的稳定性高于个体层面，但是在不确定性因素的作用长期大于稳定性的情况下，集体文化身份同样会遭遇到身份危机。如前文所述，中国社会正在加速的现代化进程中遭遇前所未有的文化身份困扰。这种困扰可以分为两个阶段：第一阶段是"破"，即抛下自身传统模仿西方，推进现代化进程，实现工业化、城市化后，这些非西方国家又会强烈地回归传统；即过渡到第二阶段的"立"，在"去西方化"和复兴"本土文化"中消除文化身份中的不确定性。改革开放以来愈来愈多的迹象表明，中国正处于两个阶段交接时期，官方话语反复强调"中国特色"，知识分子呼吁社会科学植根"中国问题"，普通大众已经能够平常看待舶来之物，国际世界也在努力调整心态重新审视中国。这种合力驱使着中国针对不确定性因素进行内省，内省的出发点是消除身份的困扰，但是也对现有社会制度提出质疑。

同时，不确定性增加直接体现在近年来对社会危机的共同感受。按照吉登斯对危机社会的分析，随着人类活动频率的增多、活动范围的扩大，其决策和行动对自然和人类社会本身的影响力也大大增强，从而危机结构从自然危机占主导逐渐演变成"制度性危机"占主导，即所谓"人为的不确定性"。

在高度现代化（也可以成为后现代化）的社会中，集体文化身份的解构主要来自于两种力量，一种是全球化的发展态势，它以一种累积的过程影响民族国家的发展进程；还有一种是社会危机事件，在国内又被称为突发性事件，它通常持续时间不长，但是对现有社会价值观与制度的冲击却很大，甚至对一个社会系统的基本价值和行为准则架构产生严重威胁。

对危机事件的关键决策失当会直接影响到决策者的权威性，甚至会造成信任危机。北京奥运期间，中国神话暂时遮盖了世界金融危机对中国社会的影响，注意力被欢腾的庆典与情绪的释放所吸引，中国式的社会发展模式也受到了前所未有的关注与承认，但它也是当今世界发展的

三大模式——美国模式、西欧模式与中国模式之中，受争议最多且检验时间最短的一种。由于长期高度的中央集权所产生的路径依赖，中国习惯于依赖作为"家长"的国家权威，但是在一个分工精密、规模巨大、高速运转的现代社会中，国家往往难以扮演"全知全能"的理性角色。在很多时候，国家在现代社会中的主导作用也会在危机累积或是危机突袭时出现"运转失灵"的后果。北京奥运结束后，在金融危机的蔓延中，中国的就业问题变得严峻起来，中央政府强调各级政府要做好就业工作，当人力资源与社会保障部发布的大学生就业数据后，就被大学生网民嘲讽为"被就业"。国家统计部门的监测数据屡屡引发质疑，体现出国家权威在公众中遭遇到了信任危机。

可见，众多不确定性并未减弱文化身份建构中的迷思，因而在其中发展出一种身份的调适机制也是这一理论假设成立的充分条件。在危机事件的冲击下，国家主导文化身份建构的合法性地位也会受到影响，危机——调适机制的主要作用就在于应对危机事件时，将这种负向的解构力量降低或是转化为正向的建构力。

二、危机——调适机制在文化身份建构中的作用

（一）不确定性消除与秩序恢复

危机事件会对整个社会的基本价值规范形成冲击，也会对个体社会成员的生活目标和生活价值构成威胁。危机事件对文化身份的解构在于它会加大不确定性，弱化集体的凝聚力。在国家主导的文化身份建构中，这种不确定性的消除其实是最大限度的保障社会凝聚力和国家统治地位合法性的一种努力。

现代社会中消除不确定性需要保障信源的多元开放与信息传播渠道的畅通。2003年"非典事件"证明在信息传递渠道日益多元化的今天，过去那种控制信源，"通过对信息接触的控制来淡化危机"[162]的策略已不复可行。于是，"信息就是一切"在危机事件处理中得到了最好的体现。信息越充分，越有利于集合分散在无数人群中的知识与智慧以应对灾难，决策者必须要遵从危机信息发布的"3T"原则，即"以我为主提

---

[162] 马成龙. "媒体、危机和非典型肺炎"专栏前言[J]. 中国传媒报告，2006（01）：05.

供情况、尽快提供情况和提供全部情况"[163]。主流话语在信息提供与社会秩序恢复过程中显示出主导作用，它运用适度开放的信源，将社会注意力进行引导与归顺，集中到国家控制范围内的实际问题之上。

整个奥运周期中，我国通过法律逐步改善危机治理中的媒介政策。2003年非典事件直接带来了信息公开制度的法制化，中国建立了新闻发言人制度和突发事件应急报告制度；2003年5月9日，国务院总理温家宝签署国务院第376号令，公布施行了《突发公共卫生事件应急条例》；2007年1月1日，《北京奥运会及其筹备期间外国记者在华采访规定》施行，取消了外媒采访的事前申报审查制，明确外国记者只需经被采访单位和个人同意就可采访（尽管该规定在北京奥运结束会后自行废止，但它对于探索在奥运会后形成更加制度化的开放、透明的新闻传播体系起到了很大的预演作用）；2008年5月《政府信息公开条例》生效，以立法的形式保障了社会知情权。汶川地震后，救灾信息的完全公开将外国媒体从对"西藏事件""奥运火炬事件"对中国的批评转换到对中国政府和人民的赞誉。德国《世界报》评论：每个小时就公布一次死亡人数，这在中国是史无前例的。在这次自然灾害面前，中国政府表现出完全的透明。奥运期间，新闻中心每天举行新闻发布会，24小时受理采访申请。随着赛事进展，北京奥运会新闻发言人每天就体育赛事和非赛事热点新闻举行新闻发布会；2008年10月6日《中华人民共和国外国常驻新闻机构和外国记者采访条例》颁布，为外国记者在大陆开放地区采访自由赋予了制度化的保证，进而保障了中国公众获得信息渠道的多元和客观。

（二）身份焦虑感的释放

虽然2008年出现了一系列危机事件，但是"奥运年"还是成为中国经济社会发展的重要里程碑，全面建设小康社会的宏伟蓝图已经展开，但是正如英国学者阿兰·德波顿在《身份的焦虑》中所说："社会保障了生活的基本需求之际，才是身份焦虑的滋生之时。"有关身份焦虑感在业已取得初步建设成就的中国社会蔓延，"担忧我们无法与社会设定的成功典范保持一致，担忧我们失去身份与地位而被夺去尊严与尊重"。

---

[163]　3T原则由英国危机公关专家里杰斯特（M. Regester. Michael）在Crisis Management一书提出，强调危机处理时把握信息发布的重要性。

因而在危机事件中，这种焦虑感会与事件引发的社会脉冲共振，文化身份的"危机——调适"在平息危机事件与恢复社会秩序的同时，也可以"引领我们直面人心深处的焦虑'情结'，用尽量多的了解与讨论，去释放自己潜意识里的苦痛"。就像在2008年9月的三聚氰胺事件发生之后，奥运盛况与中国食品安全的反差引发了政府信任危机，国务院新闻办公室紧急召开新闻发布会，通报"三鹿"奶粉安全事故调查情况，并采取了"产业状况、患儿救治、质检情况、市场清查、责任人惩处、政策公告法规发布"等一系列形象修复，引导与归置强烈落差造成的危机，这"虽然生产不出治疗身份焦虑的灵丹妙药，但就好比气象预报不能阻止暴雨台风的发生，却能够减轻我们在灾害面前的无力感一样"。2009年以来，食品安全问题成为中国"两会"期间的讨论热点，通过主体对社会公共事务的知情与参与，在"试图改变"中能够有效地释放这种身份的焦虑，暂时缓解危机事件带来的社会压力。

通过不确定性的消除和身份焦虑的释放，文化身份的"危机——调适"机制在实践中会对原有的文化身份认知产生微调，这种变化会体现在主体的媒介使用之中。不过这种变化与原有的文化身份相契合，是一种改良的结果。它建立在社会惯性价值观基础之上，以主体的自愿认可、服从为基础，而不是仅仅依靠国家权力、暴力来强制实行。

三、危机——调适中当代中国文化身份主导建构的发展态势

就单独的事例而言，文化身份的"危机——调适"机制的作用并不明显，但是如果将其放置在中国文化身份传承与更新的宏观背景中，就可以发现这一机制的确存在并作为文化身份建构过程的一部分，呈现出新的发展态势。

（一）建构目标指向共同体的治理

传统社会中的共同体多是在权利不平等的基础上产生的等级结构，由此形成等级统治或阶级统治以及相应的共同体意识，因而传统中国社会明显呈现出由上而下的驱动方式，存在着强烈的集体价值诉求，这一价值诉求使得集体文化身份很大程度上遮蔽了个体对身份的自觉意识。但在现代社会，权利平等是普遍的社会准则，由此产生现代共同体意识。

社会转型期，现代共同体意识对民族国家为主的共同体是一种改良，共同体中单个主体在实现自身权益的同时，意识到其他主体的权益并尊重其实现，承认共同体是所有利益相关者在权利平等基础上的共同治理。共同体的治理并非完全以官僚或者等级的方式出现，而是以寻求"善治"作为文化整合的操作手段。治理的基本主张，如权力主体多元、权力运行多方向等与 "治国有常，而利民为本"的中国传统治理思想相结合，强调"以人为本，以德为先，以法为体"的原则，它"是权力规制、统治机构和知识形式（及其再现模式）的复杂联结"[164]，影响到集体文化身份的认知，并以此辅助社会权力及文化资源的再分配。共同体的治理"让同一块领土上数以百万计的男人和女人共同生活在内外和平和持久繁荣中；确保人类社会与其环境的平衡；从长计议管理稀缺而脆弱的自然资源；保证人们的思想和行动自由，同时维护社会正义、调和共同利益；向每个人分别和共同提供最大的繁荣机会；允许科学和技术的发展，但不被其力量冲昏头脑；确保所有的人过有尊严的生活；承认文化和传统的多样性和丰富性，同时使其参与整个社会的和谐；适应世界的变化，同时又保持其自身的特性"[165]。近30年来中国特色社会主义经济建设广泛的影响到了政治与文化层面，国家的统治逐渐转向共同体的治理，呈现出自我规训[166]的转型态势，比以往更加注重个人权利的关怀和共同体的幸福平衡，这样的转变趋势也贯穿在主导话语对中国当代文化身份的建构之中。中国共产党的十三大提出"重大情况让人民知道"，而2007年十七大报告中相似的内容却改换为"保障人民的知情权、参与权、表达权、监督权"中，居于首位的"保障人民的知情权"。从"让"到"保障"的用词变化，包含着立法、法治、政治、公共机制和管理的概念，折射出国家在官方话语方式上的一种"俯就"。

---

[164]　王志弘. 台北市文化治理的性质与转变[J]. (台湾)台湾社会研究季刊，2003（52）：121-286.

[165]　皮埃尔•卡兰默. 破碎的民主——试论治理的革命（引言）. 资料来源：社会学人类学中国网，http://www. sachina. edu. cn/Htmldata/article/2005/08/199. html

[166]　成露茜，黄孙权. 文化产业、文化治理与地方认同——以台湾新兴的嘉年华为例[J]. 两岸文化创意产业发展论集[M]. 陕西：陕西人民出版社，2007：160.

（二）文化身份建构中公共话语空间的生长

北京奥运的周期恰好与21世纪的第一个10年相重合，随着国家的管理方式逐渐呈现出明显的由"直接统治"向"互动治理"的转化[167]，当代中国文化身份的建构中，一方面是现代化极大地改变了民族国家共同体的格局，共同体面临转型；一方面，由于社会分工日益深入、社会流动日益频繁等，许多传统的共同体解体，许多新兴的共同体不断创造出来，最具有代表性的便是以因特网技术为支持的网络共同体，它们在原有的文化共同体转型中推波助澜，加速了中国社会公共话语空间的生长。

公共话语空间源于哈贝马斯有关公共领域理论的论述。"所谓公共领域，首先意指我们的社会生活的一个领域，在这个领域中，像公共意见这样的事物能够形成""以在一个共享的空间中聚集在一起、作为平等的参与者面对面地交谈的相互对话的个体观念为基础的，其本质就是为人们提供自由、公共的话语交流的互动平台，即公共话语空间。""公共空间的获取对于自我的发展、社会运动的形成和培养更具普遍批判性的有学识的公众来说是至关重要的……它们可以把各种不同的面对面的交流与各种更加间接的交流结合在一起。"[168]"这个公共空间从国家和社会的两极中独立出来，成为一种公民阶层所有的第三方力量，它为私人话语提供交流公共事务的平台。在这个平台上，市民们平等地发表意见，讨论公共事务，享有理想化的话语权，不受某种力量所把持。"[169]

因此，公共话语空间是指在国家权力的边缘地带，公民运用话语权参与政治讨论与社会行动的空间。在这一空间，更加重视集体与个体层面的文化身份在日常生活中的勾连。人们可以发表自由言论、传播信息，以达到沟通上下、促进社会信息流通、维护社会安定团结的目的。对于西方世界，哈贝马斯的公共领域意在遏制泛滥的市场对价值的"降格"，而对于中国社会，它更偏重于对过于强大的中央集权的"抵

---

[167] 刘邦凡. 电子治理引论[M]. 北京：北京大学出版社，2005：14.

[168] （英）尼克•史蒂文森. 文化与公民身份[M]. 长春：吉林出版集团有限责任公司，2007：7.

[169] 王力平. 关系与身份：中国人社会认同的结构与动机[J]. 长春工业大学学报：社会科学版，2009（1）：20.

抗"。也许在官方话语主导的奥运传播中，公共话语的力量表现的并不是很充分，但是就整个奥运周期特别是"后奥运时代"而言，还是可以发现中国社会公共话语空间的生长对文化身份的建构具有重要承启意义。

在2010年广州亚运会期间，不再像"过去办大事，尽量都说点悦耳的话"，市民"网络问政"成为重要的公共事务参与形式，奥运以及亚运之所以能够成为全民的一种公共话语，与媒介的建构密不可分，它在国家与社会中间担当着公共平台的角色，并把各场域的声音传递出来，尤其是那些事关市民自身利益的事情，政府、相关单位、社会组织、公民个体等各方力量都可以借助媒介这一平台发表意见，进行讨论。虽然每个场域的声音音量不尽相同，但至少在媒介公共领域中，社会开始初步具备了与国家对话的能力。从2008年的"北京欢迎你"到2010年"广州欢迎你批评"，中国社会公共话语空间的生长显示出两个方面的相互促进，一方面是国家在共同体治理中不再对"异见"持打压与回避的态度，开始有意识的调适集体身份，使之与快速生长的公共话语空间相适应；另一方面，个体文化身份的建构中，协商意识也在越来越明显地发挥其对主导话语的能动解读。

（三）文化身份认知中意识形态结构的多元调和

由于内外因素的共同作用，使得原有以民族国家为主体的文化共同体出现松动，"他者"的边界也逐渐模糊，这也是20世纪后半期以来全世界都面临的文化现实，只是在当代中国的文化身份建构中，这种文化的多元碰撞表现得更为剧烈。

多元化的意识形态在文化身份建构中混合的现实，并不同于文化的族裔散居带来的混杂，更多的表现为文化身份建构中不同意识形态的交织。用威廉斯的语言来说，这就是"主流意识结构即共产主义强调革命（先锋队的宣传）、剩余意识结构（即传统儒家强调士大夫的道德责任）以及新兴的意识结构（即符合市场逻辑的媒介专业主义）的斗争与调和"[170]，不过在针对文化身份进行讨论时，上述"新型的意识结构"中还应加上个体的价值自觉对前面两者的能动协商。

---

[170]　李金铨. 中国媒介的全球性和民族性：话语、市场、科技以及意识形态[J]. 二十一世纪网络版，2003，01(10).

进入21世纪，国内市场化与国际全球化程度的同时加深，给中国带来了意识形态的进一步混合，其中充满了矛盾的身份、认同、形象和主体性：既有社会主义的国家话语，以复兴为自豪的民族主义话语，也有市场化的实用话语，还有充满个性而又碎片化的非主流话语。多种话语力量混合中，国家话语与民族主义话语相结合并主导当代中国文化身份建构的局面，在短时间并不会发生质变。之所以会这样，一是源自文化身份建构对国家主导话语长期以来的路径依赖；二是由于在危机——调适机制中，当前国家主导的文化身份建构模式自身的积极改良与调适。

基于奥运会对中国的重大意义，媒介的奥运报道必须遵从国家的宣传政策，坚持正确的舆论导向，这种报道模式显然会屏蔽一些不同的声音。在奥运报道中，我们仍然受到原有思维习惯的影响，完全遮蔽了奥运期间发生的几次很小规模的外国藏独分子的示威活动等信息。但在大方向下，媒介在实际操作过程中具有相对独立的自主空间，这使得媒介可以在"政治正确"的前提下发挥公共角色的作用。在北京奥运会召开期间，中国政府在北京市的世界公园、紫竹院公园和日坛公园设置专门供游行示威人员表达自己意愿的地点。尽管有国外媒体中批评"北京的抗议示威公园纯粹是为小鸟准备的"[171]，但与对"敏感问题"的遮掩与回避相比，允许有限示威的计划是一种民主进步的标志。

虽然集中于文化身份协商中的力量远远弱于主导力量，但是新的趋势已经启动并且不可逆转，"亿万人的围观，亿万人的目光聚焦，就能聚成世界上最大规模的探照灯，就能一点点穿透特殊利益的高墙，一点点照亮我们的现实，一点点照出我们的未来，别无选择"[172]。

---

[171] 英国《卫报》在2008年8月19号的报道。

[172] 《盘点：中国网络问政2010年十件大事》，资料来源：《南方都市报》http://tech. ifeng. com/internet/detail_2011_01/10/4183712_0. shtml

第三章 奥运传播中当代中国文化身份建构的协商模式

文化身份的价值和意义最终还是指向人的生存发展。无论是主导话语还是协商话语，都会在个体的文化身份得到体现，文化身份的建构需要落实到个体心理和价值取向的体认，在这一点上，"作为一个'政治个体'将取代'有机共同体'和各种现代事业中的有效团结的优先权"[173]。从国家在奥运传播中对媒介的使用以及对媒介意义生产的控制不难发现，当代中国的文化身份建构中国家的主导话语力量尤为强大，由此引出一系列问题——当代中国的文化身份建构会不会完全依赖国家意识和宏观政治经济意识？北京奥运中民众的参与热情和自身的文化身份之间是否会出现断裂和冲突？这种身份的冲突在后奥运时代的日常生活中又是如何呈现与调和的？

第一节 当代中国文化身份建构的媒介协商图景

进入新世纪以来，中国社会公共话语空间的生长带来了多种意识形态的调和，其中一个明显的特点便是个体在私人空间中的话语表达正在逐渐向公共话语空间扩展，在文化身份建构中日益呈现出与国家主导话语之间的协商态势。

一、新型媒介空间缩短社会权力距离

在早期的跨文化研究中，霍夫斯泰德曾用"权力距离"来判断权力在社会和组织中不平等分配的程度，他通过对不同国家和地区的"权力距离指数（Power Distance Index，缩写为PDI）"的计算，认为东方文化影响下的权力距离指数较高，人们对不平等现象通常的反应是漠然视之

---

[173] （英）尼克•史蒂文森. 文化与公民身份[M]. 长春：吉林出版集团，2007：32.

或忍受；而西方文化影响下产生的权力距离指数较低，"权利意识"深入人心使得他们对权力分配的不平等现象具有强烈的反抗精神。霍氏的研究带有很大的感性色彩，并且忽视了权力距离本身的动态性，它也会随着具体的社会情境与社会现实的发展变化相适应[174]。

在当代中国文化身份建构中，也存在着权力距离，即国家主导与个体协商的话语力量的悬殊，但是从发展趋势上来看，二者之间的权力距离正在逐渐缩短，而缩短的最大动力源于新兴媒体的网络空间。新兴媒体极大地推动了当代中国社会知情权的普及，改变了主导话语对公共事务的绝对领导地位，也对社会话语权力不平等分配提出质疑。2011年初，中国互联网络信息中心（CNNIC）发布《第27次中国互联网络发展状况调查统计报告》显示，截至2010年12月底，我国网民规模达到4.57亿，我国手机网民规模达3.03亿[175]。如此巨大的人口基数在网络空间汇聚为越来越大的声音，也显示出实际的行动力。近年来，自发的网络行为升级为社会行动的事件屡见不鲜，如邓玉娇事件中，先是有非政府组织（Non-Government Organization，缩写为NGO）主动商议应对程序，继而派出公民律师扶助邓玉娇，冲破官方对事件的单方面控制，最大程度地将尽可能广泛的舆论置于事态之上，强力扭转了事件的发展态势。在当代中国实际的政治架构中，普通社会个体参政的空间非常有限，但在新型媒介空间的支持和干预下，起而论政，同济互勉，自助启蒙，原本不可逆的国家决策会遭遇阻力。互联网在中国政治和社会生活不同领域开始发挥越来越重要的作用，比如"网络参与新社会运动集体认同感的建构，在公共事件当中承担社会动员和组织功能，形成具有相对独立性的新媒介事件，在鼓吹民族主义的同时也经由网民代表公众参与政府、商业机构和传统主流媒介之间的利益博弈并对集体行为模式产生影响，通过差异化意见表达和舆论监督实践体现出朝向公民社会的参与式特征"[176]。

[174] 在霍夫斯泰德的各国权力距离指数中，最高的是马来西亚（104），最低的是奥地利（11），中国的权力距离指数为80，美国为40。见：严明. 跨文化交际理论研究[M]黑龙江：黑龙江大型出版社，2009：44.

[175] 《CNNIC发布第27次中国互联网络发展状况调查统计报告》，资料来源：新浪网，http://tech. hexun. com/2011-01-19/126897939. html

[176] 陆晔. 媒介使用、社会凝聚力和国家认同——理论关系的经验检视[J]. 新闻大学，2010（2）：16.

在没有正规组织的前提下，网络行动能对现实政治造成改变，这是因为行动阐发了另一种道路，现实政治要证明其合法性，必须要做出呼应，否则只会削弱统治的合法性。只要行动存在，合法性本身的危机感就存在，就必须要予以自证，因而，除了常见的自发性的网络社区以外，网络议政这类有着明显主导话语参与的媒介参与形式，在公共话语空间中产生着重要的影响。已经由"一场冒风险的社会实验成为各地在两会期间的民意表达平台"[177]，也是中国公民行使知情权、参与权、表达权和监督权的重要渠道。公民对政治、经济、文化和社会生活中所关心、关注的重要问题，通过网络平台向政策研究者或政府机关表达诉求、抒发己见、建言献策或进行讨论，提供给决策者或政府机关作参考；决策者或国家机关将调研报告、出台政策法规等通过网络平台广泛征求公民意见和建议，以利于修正完善，做出科学的、民主的决策。网络已经正式加入政治场域，显示了网络空间自发性的共意能够对社会公权力进行监督与批评，并促使局部政策的修正。这一形式在2008年之后有着非常明显的推进，已经被运用于正式的渠道来迎合个体期望中的权力距离缩短。

此外，国家领导人作为最高权力的集中代表，也表现出对权力距离缩短的积极态度。2008年6月20日，胡锦涛总书记到人民网强国论坛社区与国内网友交流，这是中国最高领导人首次在线与网友交流，网民称总书记为"我们的网友胡锦涛"；2010年3月"胡锦涛的微博"现身网络，其粉丝被称为"什锦饭"；自2009年开始，两会之前国家总理温家宝与网民对话已延续3年。

"当国家对整个社会的控制从'行政性整合'到'契约性整合'转变，多种所有制和多种分配体制共同作用，个人拥有了相当的社会'自由流动资源'和'自主活动空间'。"[178]新兴媒体对于权力距离的改变并非简单的赋予普通人以一定的话语权，而是在观念上对政治平等的启蒙与推广，这对于个体文化身份的建构而言既是合法性身份的延续，又扩大了个体协商话语的势力范围。不过，这种力量在目前还显得较为飘摇，需要倚仗主导话语形态的扶持。

---

[177]　南都报系网络问政团队. 网络问政[M]. 广州：南方日报出版社，2011.

[178]　孙立平等. 改革开放以来中国社会结构变迁[J]. 中国社会科学，1994（02）.

二、媒介融合改变个体媒介使用方式

关于人类媒介使用方式的发展，保罗·利文森曾提出过一份广义的三段提纲。第一阶段，人们最初享受一个虽未扩展但却平衡的传播环境，它以人的感官为感知的边界，视觉、听觉和记忆是其极限；第二阶段，以文字为主的发展媒介打破这些限制，但作为突破的代价牺牲了平衡和人类的其余要素，从字母文字到真实世界总体而言缺乏类同之处就是首要的例证；第三阶段，技术上"日益探寻那些保持和继续过去的延伸性突破，同时又可获取曾经丢失的人类传播世界中的自然性要素的媒介"，通俗一点说就是电子媒介在继续拓展人类交往边界的同时也重新找回了即时性信息传播中的人际同步情感反应[179]。媒介发展史上每一次技术变革都会带来生活方式的变化，而媒介融合恐怕是利文森所说的第三阶段中最强大的技术力量。

北京奥运期间首次出现了奥运手机电视服务，中国移动与央视国际合作，通过移动通信网络向用户提供奥运视频服务，引入了CCTV-1、2、3、5、7、新闻、12频道及其他专项直播频道等超过15路奥运直播节目，全程直播了3800小时的奥运赛事。仅2008年8月8日北京奥运会开幕当天，就有近20万用户涌入中国移动手机电视奥运专区。作为最方便快捷的通信工具，手机已成为新闻传播的重要媒介。奥运会和残奥会期间，中国移动推出的手机电视、奥运手机报、无线音乐、奥运快讯、奥运手机游戏、掌上奥运和手机地图等业务都受到了较大范围的关注和欢迎。此外，北京奥运会固定通信合作伙伴中国网通等企业，开发出"奥运呼叫中心""奥运会VIP网"以及"奥运城市通"等便民服务产品。人们不用守着电视机，通过随身携带的手提电脑、手机或PDA等设备，在任何地方都可以适时欣赏精彩的比赛，查询相关的赛事信息和新闻报道。相应的，以信息分享为特点的博客和视频网站也是北京奥运信息传播的新方式。北京奥运也被称为博客时代的第一届奥运会。国际奥委会（IOC）理事会于2007年底正式通过了奥运参赛运动员和官员在赛事中开博客的决议，北京奥运期间著名运动员的博文也是赛事新闻报道之外的关注热点。但是北京奥运之后，微博就以更加融合的姿态，应验了麦

---

[179] （美）保罗·利文森. 软边缘：信息革命的历史与未来[M]. 熊澄宇，译. 北京：清华大学出版社，2002：61.

克卢汉"媒介即人"的预言。

从网络传播的勃兴到便携式个人媒介集成终端（主要以手机为主），短短十余年间，每个社会个体都深切体验到媒介融合的巨大影响力，这种来势汹汹而又受到个体拥抱的浪潮，正在形成全新的个体媒介使用方式。媒介使用带来了交往空间的扩大、交往节奏的加快和交往时间的节约，但是个体对媒介使用的依赖使得技术因素成为人际交往，改变了生活环境、文化氛围、思想、价值观等建构文化身份的预置因素。传播方式和传播工具的功能整合，改变了媒介意义的生产、传播和获取。同时，由于媒介功能的整合，内容的整合随之成为可能，全方位、综合性、一站式的信息服务业务正逐步推广，音频、视频结合文字的信息传播方式的自由转换也已经实现。

技术神话赋予个体越来越多的选择性和自主性，但是技术的双刃剑特点同样在个体文化身份建构中显现。对技术的依赖降低了人际交流的情感指数，部分"曾经丢失的人类传播世界中的自然性要素"正面临更多的流失，2005年的"拯救家书"行动就说明多数社会个体已经意识到电子媒介垄断下的传统人际交流方式的拭微。人际交流的直接性被人机交流的媒介性取代，也会造成虚拟身份的快感膨胀，对个体文化身份的确认产生干扰，在给人们带来便捷通讯的同时，创建了一种新型的人际交往的模式，这种模式是暧昧的、不确定的、又充满无限可能的。个体注意力范围内媒介信息量长期处于过载状态，会带来对环境的应激性反应，产生麻木甚至是反感，使得文化身份协商中的理性程度受到拷问。

目前的媒介融合态势使得媒介意义生产中存在两套并行的方式，一套是由专业新闻从业人员扮演传者的传统新闻生产制度，另一套则是建立在网络技术之上的传者身份泛化的"自媒体"[180]方式。在中国自媒体也被称为播客或有声博客，它集文字、声音、图像为一体，在Web2.0的环境下，提供了又一个社会参与的平台。这种泛化的传播方式，打破了媒体和记者自上而下的"广播"过程，成为一种互动形成的"网播"过程。这两种方式之间在技术上不分伯仲，自媒体的吸引力虽大，但就社

---

[180]　"自媒体"一词来源于2003年7月美国新闻学会的媒体中心所出版的由谢因•波曼与克里斯•威理斯联合提出的研究报告，里面对"We Media(自媒体)"进行了明确定义，即自媒体是普通大众经由数字科技强化、与全球知识体系相连之后，一种开始理解普通大众如何提供与分享他们本身的事实和新闻的途径。

会影响力来说，传统的编播方式还是在媒介意义生产和传播中居于主导地位。这就带来了文化身份与媒介意义框架之间的又一层转变，在媒介传播中表现出意义偏向与协商。

三、奥运传播中主体身份具象化

奥运传播中文化身份的一大功能指向便是文化形象的建构，鉴于文化身份主体的多样性，中国的文化形象在个体层面也应具有同主流形象相对应的协商意义。以前我们通常从国家形象的视角关注这一问题，官方话语对于主流形象的建构充满了意识形态的主导性，国家形象充当了中国人的集体形象。但是如果在意识形态对抗的情况下，主导式的集体形象建构并不能很好的实现文化沟通与交流。通过北京奥运前后的系列事件，我们意识到对于建立在对外宣传基础上的国家形象而言，国家是强大的，但是国家形象的意义传达并不是单向行驶的快车道，官方话语并不一定能够有效的到达个体的日常生活。从文化身份的主体性来看，我们需要一种跨文化的身份来实现集体形象与个体形象之间的连接。

相对集体形象与外交辞令，贴近日常生活层面的个体形象更加真实、丰满，来自民间的表达也更容易引起共鸣；但是，纯粹的民间话语通常过于感性与分散，很难达成理想的协商与对话。因而，在文化身份的协商中也存在二级传播理论中所设想的"意见领袖"，他们通常是受到大众传媒青睐的、具备多重文化身份的"杰出人物"，代表着中国文化形象主体的多样性。如"海外华人"作为跨国的中国个体形象已经成为西方人眼中的"中国人"的代表。一是在美国影响颇大的成龙、周润发、吴宇森电影中的中国人形象；二是在国外拥有一定知名度的亚洲职业精英形象(包括跨国公司的白领阶层和拥有国际级大公司的决策者)；三是亚裔美国人的形象。具有跨文化身份的个体在部分地打破文化中心论的同时，却也在西方公众意识中形成了集体劣势形象与个体优势形象相对立的文化成见。

在奥运传播中，运动员是一类特殊的杰出人物。从1984年洛杉矶奥运会许海峰为中国人获得第一枚奥运金牌开始，中国主流媒体宣传中，冠军的形象无一不被渲染上民族英雄的色彩，透过传媒的精心运作和高频次的宣传，体育英雄可以展示超人气的正面形象，对文化个体产生着榜样的作用，发挥"杰出人物崇拜"的心理号召作用[181]。以北京奥运会第一位形象大使姚明为例，他作为当代中国以个人形象出现的体育英雄的典型，在世界上代表了中国青年的良好形象。《华盛顿邮报》从2002年就开始探讨姚明为何受到中国人如此器重[182]——虽然姚明没有获得过奥运金牌，但他两次在夏季奥运会上担任中国代表团的开幕式旗手，并入选了2010年《中国国家形象宣传片》的体育人物[183]——这一点很大程度上得益于姚明的跨文化身份。这名生于1980年的青年篮球运动员有着完美的多重文化身份。在私人生活方面，幸福的家庭使他拥有近乎完美的东方男性的媒介形象；在职业生涯中，他是标准的体育英雄，受到伤病困扰却依然隐忍敬业的NBA状元，同时拥有自己的篮球俱乐部与连锁餐厅；在备受关注的公共领域，他是公益事业的积极参与者，在许多公益广告中以意见领袖的身份号召大家不吃鱼翅、保护野生动物、积极为四川地震灾区捐款、成立姚基金等。姚明的多重文化身份在个体层面呈现文化形象的多样性，也从不同角度迎合了当今世界的主流价值观。

体育英雄也是媒介英雄，他们的个体文化形象会被视为集体形象的微缩版，这为他们在适当的时候充当意见领袖提供了民意基础。美国伊利诺伊大学政治学教授詹姆斯·诺兰建议就有跨文化身份的中国精英以个人身份积极参加西方有影响新闻谈话节目，比如美国公共电视网（PBS）[184]的News Hour，通过个体身份的多元树立良好的个体形象，展示中国文化的魅力。

---

[181]　在社会心理学中常用"杰出人物崇拜"（luminary worship）来解释英雄或偶像现象的心理影响机制是一种以特质为核心（attributes-focused）的社会学习和依恋。它以一种较为理性的、有条件的、相对性的心理认同方式来看待偶像人物，其突出特点是特别欣赏偶像的人格性特征（dispositional features）（如：性格、为人等），气质性特征（temperamental features）（如举止、风度等）和成就性特征（achievement features）（如事业、谋略等），并从中获取最大的精神享受。

[182]　2002年12月13日，美国《华盛顿邮报》在头版报道了姚明在中国的影响《姚明让中国人失眠》。这篇署名菲利普·潘的文章篇幅长达近3000字，《华盛顿邮报》用头版的一块、体育版的3／4篇幅和体育版副版的一部分刊登完全文。

[183]　其他几位体育人物是郎平、郭晶晶、丁俊晖和邓亚萍。

[184]　v PBS，全称 Public Broadcasting Service，(美国公共电视网，也称公共广播协会或美国公共电视台)，是美国的一个公共电视机构，旨在运用非商业电视、因特网与其它媒体所提供的高质量节目与教育服务，去丰富人民生活，并达到媒体告知(inform)、启发(inspire)与愉悦(delight)的社会责任。

第二节　奥运传播中当代中国文化身份建构的协商话语方式

个体对国家主导的意义解读既有归顺附和也有协商与抵抗，并且同文化身份建构的主导模式类似，这种意义协商也会以话语的形式进行文化身份建构，主要以观看式参与、个体身份模拟及新媒介平台的身份表达等方式体现。

一、观看式参与

观看实际上是通过媒介使用实现的人的延伸。"即使是最小的民族的成员，也不可能认识他们大多数的同胞，和他们相遇，或者甚至听说过他们，然而他们相互连接的意向却活在每一位成员心中"[185]，"我参与、我奉献、我快乐"这句奥运口号激发了无数国人对北京奥运的参与热情，但是在奥运会这样超大规模的媒介事件中，绝大多数人还是通过媒介传播的中介方式实现对奥运会的参与。奥运传播将奥运影像投射在各类媒介中，一般社会个体可以通过各种媒介渠道，尤其是以电视为代表的电子媒介实时接触奥运。

在以奥运为代表的体育赛事的观看中，正是媒体（主要是电子媒体）以赛事直播、媒体评论以及受众互动等途径，完成了对媒介使用中生活空间的建构。电子媒体以全时段和仪式化的播出方式，不仅通过现场直播使个体成为事件的参与者和见证者，获得了身临其境的情感体验，更为重要的是在直播、评论、互动等多种形式的意义分享中，利用新媒体和新技术手段，通过互动游戏，个体拥有了一种独特的体验。观看时参与正是借助了大众传媒的符号塑造，以电视媒体的镜像传播为核心，暗示或者定义我们的生活空间以及在这一空间中所扮演的角色，建构个体在媒介化生存中的文化身份。

除了奥运志愿者以外，更多的参与机会存在与对奥运的"观看"中。奥运会之前，中国奥组委就预估2008年北京奥运会的总体可售门票数量超过700万张，其中还不包括相当一部分非流通门票，也就意味着累计下来，至少有数百万人在16天里现场观看了奥运会的开闭幕式及

---

[185]　（美）本尼迪克特·安德森. 想象的共同体：民族主义的起源与散布[M]. 吴睿人，译. 上海：上海人民出版社，2003:06.

各项赛事，但是这个数字与通过电视直播或转播间接观看北京奥运的观众人数相比却显得微不足道。据统计，仅2008年8月8日，全世界估计有40亿的电视观众观看了北京奥运会开幕式。在中国国内，98.1%的民众通过电视、广播、网络、手机和移动电视等各类直播媒体收看、收听了开幕式。8.42亿中国观众收看了中央电视台现场直播，总的收视份额达83.7%，创国内有收视调查以来电视收视份额的最高纪录。央视网经转授权，与新浪、搜狐等9家商业网站及174家公益性网站进行了联合传播，覆盖全国90%以上网民。根据BBC的统计，即使存在时差区别，BBC第一频道依然吸引了540万英国观众观看北京奥运会开幕式，另有70万名观众在BBC网站上观看了第一比赛日的直播。美国NBC转播的北京奥运开幕式也创下了破纪录的平均3420万观众收看和18.6的全国家庭好评度。

通过上述数据不难看出，"我参与、我奉献、我快乐"的确带有很大的乌托邦成份，但是它并不妨碍个体在观看式参与的过程实现文化身份的想象。虽然在众多媒介文本中充斥着全球公民或者全国公民的奥运狂欢仪式和理念，但总体而言，大众在媒体的诱导下，以观看式参与的表现形式投身到奥运中，媒体还是为一般社会个体和奥运会之间的接触创造了条件，伴随奥运的筹备、组织、举办到结束，观看式参与成为绝大多数人参与奥运的重要方式。

奥运传播使一般社会个体拥有更多的接触奥运的机会，从而产生与奥运会有直接联系的身份想象，奥运穿越官方话语和公共领域，与个体日常生活相联系。

一方面，在奥运比赛正式开始之前，观众会期待赛事的精彩程度、预测比赛成绩，甚至会预先准备好一些庆贺方式。在观众对奥运会的观看过程中，形成了一种"约会意识"，这种约会意识是一种非直接的人际传播的结果，但这种交流和关系本身却和基本的人际交往有着一致的效果。观众将自己的情感态度转移到屏幕上，与其展现的人物形象和赛事形态形成情感或行为互动。并且，需要注意的是，大多数参与式观看发生的场所是在家庭或亲朋的人际范围之内，亲密的人际关系也会无形中放大奥运赛事观看时的"约会意识"。奥运会的赛场上充满着激情与荣誉，也上演着一幕幕充满戏剧性的悲喜剧，个体通过参与式观看，在获得情感宣泄的快感同时也会产生一种时空转移的情境体验，它不同于民族共同体中的身份想象，而是更为内化与个性化的身份的模拟。"我心中的冠军是能够兼具人文关怀和科技素养的人，我心中的冠军是能够战胜自己关心别人的人，我心中的冠军是竭尽自己的努力但不一定要达到预期结果的人。"[186]

另一方面，虽然个体可以在很大程度上对观看式参与进行自主控制，但是身为国家和民族的一员，爱国意识和对本民族文化的护卫已经成为文化身份解读的先验条件。奥运精神也为个体建立了一个身份想象的意义平台，它使得个体相信，拥有各种保障机制的奥运会是一个4年一度的人类共同体的聚会，"同一个世界，同一个梦想"在国家民族的想象范畴之外，又提供了一个四海一家、公平竞技的娱乐场，这就将个体对奥运的意义解读上升到"人类的奥运"，完成了个体在观看式参与中对奥运的意义协商。乔治·赫伯特·米德在关于人类互动行为的分析时曾提出一个打棒球的观察模式。米德认为在运动场上发生的是一个复杂的互相调节的过程——选手在打球的时候互相教对方如何打球。选手必须学会用非常复杂的方式建构他们的行动，从而有效地履行自己在这个位置上的责任。但是每个位置的玩法是不同的，所以队员不能只是简单地互相模仿。按照米德的理论，每个选手都在学习一个社会角色——投手的角色、捕手的角色或是左外野手的角色。每个人的学习都是通过观察和模仿优秀的选手以及与其他队员的互动来进行的。在打球的时候，队员们从队友和球迷那里得到鼓励和友好的批评。如果他们打得很好，他们会被接受为某个社会单元中有用的成员，这令他们感到满足。

奥运传播就好比是一个兼具宏大与细微的"打棒球"的关系，可以被当作是社会的缩影，而个体身份的模拟是一种意义系统和表达模式，它是由作为社会结构特定部分的群体在他们共享的社会情境里与矛盾妥协的集体尝试的过程中发展起来。更为独特的是，它代表着累积的意义和表达的方法，处于次结构性地位的群体试图通过它们协商或反对主控意义系统。因此，它们提供了一组可资利用的符号资源，特定个体和群体依靠它去尝试弄清自己的特定地位，并建构一个自成一体的身份认同。社会个体基于自己的民族意识和运动、娱乐需求，在身份想象中进行偏好解读，从官方话语设定的"我们的奥运"中简单直接地筛选出建

---

[186] 夏红卫. 冠军者言：来自未名湖畔的邀约[M]. 北京：北京大学出版社，2010:223.

立自己和奥运媒介文本、奥运精神之间的联系，即"我的奥运"，想象着本国本民族运动员夺冠后的快感和优越心理，借此宣泄情感，营造奥运与自己生活的象征性关系。

二、个体对媒介信息的解读

主体在这媒介传播的过程中都扮演着积极的角色。每一个人根据他们自己的特定目的来挑选和关注媒介内容，对有用的和有意义的内容进行选择性理解和记忆，并且以自己独特的方式进行解读。

斯图亚特·霍尔在《编码／解码》一文中，提出了文化解读的三种立场，即主导霸权立场、协商立场、对抗立场，由此三种解码立场而来的三种相应的信息解读方式为偏好解读又译为优势解读、优先解读、协商解读和对抗解读，这种解读模式被称为著名的"霍尔模式"，是一个"诠释性典范"，这三种解读立场不是绝然分立的，而是相互连接的，"就像标尺上滑动的三个刻度，它们彼此之间有时会互相渗透，甚至会互相转换"[187]。

个体是富有创造性的，他们根据性别、社会文化背景、经历、兴趣、期待、需要以及或强或弱的想象力、身份认同和情感偏好，来对他们自己的媒介内容进行一定程度上的解读。家庭、同龄人、幼儿园、学校、职业、各种利益派别往往是比媒介更基本的社会结构，人们使用媒介内容，给媒介内容赋予意义并感知媒介内容的潜在意义，常常都是为了达到这些目的。"媒介生产的意义按照社会形成的惯例和准则被解读，但是不同的亚文化解读者并不会按照编码者的意图来解读，往往会以对抗解读或协商解读的方式，解读出不同的意义"[188]。

在具体的意义解读过程中，混杂的媒介意义好比是一张大地图，个体则同时使用这三种解读方式为自己寻找身份坐标。

（一）偏好解读

偏好解读指解码者（观众或读者）赞同编码者赋予客体的信息内涵，

---

[187]　姜智芹. 镜像后的文化冲突与文化认同：英美文学中的中国形象[M]. 北京：中华书局，2008:341-342.

[188]　（英）迪金森. 受众研究读本[M]. 单波，译. 北京：华夏出版社，2006：98-99.

依据文本所包含的偏好意义去解读文本，它强调普通人作为能动主体和有效参与者的必要性和合理性。奥运传播中，国家主导的文化身份建构能够在社会个体中获得合法性基础，大众对媒介信息的偏好解读可以提供一种解释方式。在其中二者就共同的民族主义价值诉求达成了共识，因而类似中华民族伟大民族复兴的激昂的情感可以引起全民族的共鸣。

（二）协商解读

协商解读大致采用编码者编制好的意义，但又会将信息与某些具体的或当下的情景相结合。由于这些情景反映了个体的兴趣和立场，因此他可能修正偏好意义，透露出一种协商的特征。例如，李金铨在以批判视角分析北京奥运时，就带有明确的协商姿态[189]。

奥运会是个集中的舞台，通过先进的电子科技，让不同地区和国家交流人力、物力、资源、形象和信息。在地方的意义上，北京从上海抢回优势；在国家的意义上，中国增强自我认知，提高它投射到世界的身份；在国际的意义上，则象征了中国在全球权力关系中往上爬。波伦鲍姆认为，北京当局会利用新闻媒介宣扬，由于奥运会必须注入大量金融和科技，故将促进中国现代化的步伐。当然，它也会粉饰太平，避而不谈中国社会日趋严重的不平等和阶级分化。此外，还会希望奥运会为中国拓展国际贸易、旅游、劳力输出和资本流动，但这是一把双刃剑，既加速中国融入世界体系，也要求它遵守全球经济的游戏规则。

在这段引述中，首先肯定了北京奥运对于中国社会发展的积极意义，同时也保持了很高程度的独立理性，并未附和国家话语，反而在对北京奥运进行协商解读中同时包含着相容因素和对抗因素，"增强自我认知"与"粉饰太平"同时存在。它既对主导霸权编码所给定的意义保持一定程度的认同，又保留自己的阐释权力。

（三）对抗解读

对抗解读的解码者可能完全了解信息是在什么情况下被编码的，也理解话语赋予的字面意义和内涵意义的曲折变化，但对此却置之不顾，自行找来另一个阐释框架，使得解码的结果和编码者所欲传达的意义完

---

[189] 李金铨. 中国媒介的全球性和民族性：话语、市场、科技以及意识形态[J]. 二十一世纪网络版，2003（10）.

全背道而驰。西班牙学者卡斯特斯在身份标签中也提出合法化身份与抵制性身份的解释方式。"为了延伸自己的控制权力，并使之合理化，社会主导机构界定出来'合法化身份'；与此相映衬，如果这种控制逻辑降低了一些社会群体的生活条件，或者危及了他们的地位，在这些群体中就生发出来一种'抵制性身份'，他们围绕这种身份寻找自身的意义。"[190]

在北京奥运期间，超级媒介事件中议程设置显示出垄断甚至是霸权色彩，过度的信息轰炸引发对国家垄断话语的对抗。

几大门户网站的体育频道无一例外地变身为奥运频道，几大体育专业报纸也无一例外地变身为"奥运快报"，具有现场直播优势的电视台更是24小时地放送着五花八门的奥运节目。这些或许都不算奇怪，最令我吃惊的是，我所在城市某区的区报，居然也抛出了每天十几个版的奥运特刊……想想都可怕，未来将近20天的日子，我们每天都要生活在奥运信息的汪洋大海里。这已经不是什么审美疲劳的问题，我真的担心有一天我们会突然窒息。一口气上不来，是有可能死过去的。在此，我必须提出严正的抗议——以一名普通公民的身份！[191]

这篇文字在北京奥运期间受到关注，不仅是因为它是媒体工作者的反向思维，更多的还是因为它引起了广泛的共鸣。"抗议"就是以个体身份对官方话语过度干涉日常生活的一种意义抵抗。在权力话语过度干涉日常生活时，这类对抗式阅读并没有什么错误之处，诚然，在当代中国官方话语强大的主导作用之下，相比较而言，"抵制性身份"更多的还是以一种协商的姿态出现。它是在力图推翻编码者注入的主导意识形态，是一种试图"意义抗争"回归日常的力量。

在"合法化身份"范围内，个体出于从众心理和对自身集体文化身份的肯定，通常采用偏好解读；但是当合法化出现问题而引发个体质疑时，"抵制性身份"便会以意义协商或是抵抗的形式体现出来。

三、新媒介平台的身份表达

社会个体都有理想化、美好的自我身份想象，虽然这种想象并不

---

[190]　徐培喜. 互联网的话语权力与身份[J]. 网络传播，2010（04）：60.

[191]　舒桂林. 抗议！以普通公民的身份. 资料来源：搜狐网体育频道，http://sports.sohu. com/20040814/n221526817. shtml

是很真实，也许只能无限接近真实的自我实现，但它却是推动人们朝着自己的理想状态不断奋斗和前进的动力，它同时也是一种个人的内在心理需求，而当得到他人认可后这种需求便得到了满足，从而确认自我身份。1988年，美国学者桑德拉·鲍尔·洛基奇在《独白、对话和电子对话》一文中，提出了电子对话的概念，认为"大众传播是独白式的传播形态，人际传播是对话式的传播形态，而以信息传播新技术为手段的传播，则是电子对话式的传播形态"[192]。按照麦克卢汉的推论，"媒介即人的延伸"，每种媒介的使用都会改变人的感觉平衡状态，产生不同的心理作用和对外部世界的认识和反应方式。当人们无法在现实社会和真实空间中追寻到这种状态或者满足这种内在的心理需求时，他们会本能地向其他空间或群体转向和发展。

文化身份建构随着语言环境的变化而变化，新型的媒介传播方式不仅会影响现有的媒介格局与媒介政策，也会改变社会个体的日常生活方式。早期的受众意见表达主要以纸质的信件和电话交流的方式存在，以网络传播为基础的新媒体使个体拥有更大的交往空间与多元选择，传播技术方面的便捷不言而喻，对日常生活影响最大的莫过于个体文化身份表达方式的变革。在奥运传播的范围里观察新兴媒体对个体文化身份提供的话语平台，可以发现几种既有承接关系又相互补充的媒介表达方式——手机短信、网络社区、博客及微博。

（一）手机短信互动

1992年，世界上第一条手机短信在英国发送成功，我国从1998年开通手机短信业务，到2002年，仅中国移动短信用户就已达到1亿多户。从文本到声音，从声音到图像，从图像到视频，短信具有无线媒介的基本特点，同时又融合了纸质媒介的书写与互联网络的交互。纯文本短信迈出了无线媒体融合的第一步，多媒体短信则整合了视频、图片、声音和文字等多种信息形式，形成了一个性能优越的个体表达平台。

2003年开始，中国的体育赛事直播中就开始出现网络互动的参与形式，CCTV-5就在NBA赛事转播中加入了短信竞猜栏目。在北京奥运圣火传递期间，中国大陆的许多地区都进行了以手机短信为参与方式的接

---

[192] 张咏华. 媒介分析：传播技术神化的解读[M]. 上海：复旦大学出版社，2002：178.

力活动。例如，重庆卫视推出的"爱心圣火，短信接力"活动，通过发送自编的奥运祝福短信评选"爱心接力火炬手"。手机短信作为一种互动传播方式的变化，改变了电视观看时的传受关系，手机短信平台取代了繁琐的导播与电话转接，海量的信息容量也打破了节目时段的限制，这种互动可以通过节目主题的设置简单的实现赛场之外处于极度分散状态的观众之间的互动交流。不过，这种互动还是在议程设置的范围内进行，系统设置的关键词筛选将大量的短信信息进行分类，再由主持人进行播报与点评，节目主持人扮演了看门人的角色。

（二）个人博客

博客作为一种互联网上新兴的传播形态，正在成为一种改变媒体生态、传播规则，甚至社会建构方式的重要现象。与Email、BBS、ICQ相比，博客是一种更为完整、严肃的沟通工具，实现了由"信息共享"向"思想共享"的跃升。个人博客最大的意义在于在虚拟世界与日常生活的交界处建立起了新型的公共空间，在个人自由表达和出版、知识过滤与积累和深度交流沟通方面有着其他个体表达方式无法企及的优势。

2008年北京奥运会被称为"博客时代的第一届奥运会"，运动员及媒体工作者的个人博客成为网民关注的焦点。国际奥委会(IOC)理事会于2007年底正式通过了奥运参赛运动员和官员在赛事中开博客的决议，北京奥运期间著名运动员的博文也是赛事新闻报道之外的关注热点。尽管这些自发的媒介信息还存在诸多缺陷，但它们拓展了信息的来源与传播渠道，使得奥运传播呈现出更为真实、全面的媒介图景。

网络博客为新闻从业人员提供信息，成为非常便利的信息采集、储存和循环利用的资源库；博客中言论的自由程度较高，并且在内容上没有篇幅限制，使其成为新闻媒体的信息替代性出口；博客的超链接功能可以直接与媒体的相关奥运报道进行汇总，从而实现信息的再度整合，也可以提供比主流媒介报道更加多元化的内容和视角，使得记录下的奥运信息更加丰富和立体。

在奥运赛场内外，熟悉媒介信息制作技术的移动博客用手中掌握的通讯装置把照片、录像和文本上传到网络博客上，制作第一时间的新闻，出现了各类亲历式的记录。奥运博客作为一个大专题内容的同时，还有众多个性化的子专题博客，体现各自对奥运解读的视角，不但可以补充新闻线索，还可以通过热烈的讨论，将个人意见汇集为公共意见，将对于奥运传播的意义协商程度提高。奥运明星、组织管理者、学者专家的参与就更为广泛，他们的观点在博客空间中汇集，也可以被视为一种虚拟的意见领袖。它们表达了一部分人从生活经验中获得的个体记忆，是对传统媒体引导的民族文化记忆的解构。这种充满张力的个性化表达从权力运作中心突围，以一种"反遗忘技术"实现对历史情境的重构。随着公民社会的崛起和网络空间力量的扩张，原先散居和被"沉默的螺旋"所过滤的个体人声音被网络组织起来，他们的批判性表达甚至正在蔓延到真实空间，成为挑战民族文化记忆保存和唤起的力量[193]。

网络博客让更多的人以新的参与方式加入原本属于竞技体育范畴的奥运活动中，并在日常层面体验了作为一名新闻从业者的重要角色，奥运传播的实践不再完全是媒体组织和专业记者主导的自上而下的传播过程，而是大众共同参与的"互播"过程，意义的分享成为其中的重要环节。

（三）微 博

2008北京奥运之时，微博还是萌芽状态的新生事物，我们在后奥运时代刚刚展开之际就看到"140字改变世界"[194]就成为一场浩浩荡荡的媒介使用革命。国际奥委会于2009年12月20日正式登陆新浪微博，在短短的一个月时间里，已经获得了超过25万微博用户的关注。2010年1月27日晚，国际奥委会主席罗格通过国际奥委会的官方微博，向关注国际奥委会的广大体育爱好者表达了谢意，罗格写道："奥林匹克爱好者：感谢你们通过微博关注奥运会！很高兴我们现在已有25万强有力的参与者。"

威廉·甘姆森曾经指出，"社会成员的身份认同感可以增强社会群体的凝聚力"[195]，微博将这种凝聚力在现实与虚拟的空间进行加速关联。以微博为载体的"思想直播"，其创新性与鲜明个性是传统电视与广播直播无法比拟的。在2010年与2011年的两会期间，微博摇身变成网络议政的新手段。很多人大代表和政协代表通过微博发出征求民意的信息，其中涉及社会关注的热点问题，如教育、住房、就业等，以此获得

---

[193] 吴瑛. 文化对外传播：理论与战略[M]. 上海：上海交通大学出版社，2009：90.

[194] 李开复语。

[195] （美）威廉·甘姆森. 集体行动的社会心理学[A]. 见：艾东·莫里斯，卡络尔·麦克拉·吉缪勒. 社会运动理前沿[M]. 北京：北京大学出版社，2002:84.

两会提案的建议与意见，同网友形成全程互动。通过两会代表与网民的交流沟通，有利于社会共意的形成，从而增强了中华民族的身份认同感。

表面上看，微博击垮了意见表达的传统屏障，不受预先审查制度、版主、博主等对话语的掌控，网络时代的话语权已经不再集中于少数人手中。这种即时的信息交流方式潜移默化地进入日常生活，个体可以在第一时间通过微博记录、分享自身的经历或思想，意义在人际传播中不断被放大。但是，微博对于文化身份的建构作用并不明显，关键在于它过于破碎与片段化，缺少思想层面的整合，微博编织的网将原有的文化社区割裂成多个大小不一的圈子，这些圈子彼此间交错重叠，在这其中相交的人们也许有着相似的价值理念和身份诉求，但是这也使得文化的边界越来越宽泛，而身份的汇聚点却越来越虚浮，这也恰好说明了我们生活的这个时代的确需要以建构的视角来思考文化身份的问题。

第三节　奥运传播中当代中国文化身份协商的整合态势

任何由社会成员普遍参与的建构文化身份的努力，实际上都必须时时面对这样一个问题，那就是，我们需要成为一个怎样的群体？我们每个人在这个群体中应当并可能担任一个怎样的角色？要到发生在我们身上的事情当中去体会各种事实的特殊含义，而社会思想无时无刻不在向我们提示着这些事实对之具有的意义和产生的影响。对文化身份的认知"建立在自我意识的基础上，通常依附于不同的集体（如国家、民族、种族等）并以极其复杂的形式展现出来的自我感，认同主要体现为对自我价值和他者的意义、地位的接受"[196]。

一、在日常生活层面表达文化身份

在国家主导的文化身份建构中，"理想"主体应该是有强烈汉民族认同感、大局观、关心国内外大事的与戏而不谑、宽容的成熟观众。这一理想受众形象无疑具有明显的传统群体化主体特征，浸润着传统文化

---

[196]　王成兵，吴玉军. 虚拟社会与当代认同危机[J]. 北京师范大学学报，2003（5）：179.

心理结构，但是世界大同的发展帮助形成了对地球上丰富的地域文化和历史文化模式实现某种"开放"[197]。因此，在日趋开放的背景下，"全球媒体文化眼下使得世界上的民族国家都受制于一种全球监督。政治权力的行使日益发生在一个可见的世界舞台上。这个过程也可能结合着意象和视角的全球性重新系泊，那些意象和视角让人们对不同于自己的生活形态有所了解"[198]。个体更加趋向于个性化的情感体验与愉悦，从日常生活化的大众传播之中得到他们所需要的各种享受，这样就会实际偏离"理想受众"，在"大一统"的官方话语框架中显示出日渐鲜明的自我身份诉求。

日常经验的表达更容易让我们贴近这个时代的文化理念，"当我们使一个讯息循环的时候，意义并不仅仅限于被我们所独有。对信息的发送和接受过程进行分析的结果暗示出意义始终是存在于主体之间，存在于主体之间的关系当中的。一个传播发达的社会，就是所有的主体在一个媒介化体制普遍化的状态中都成为媒介，成为社会性意义上的相互决定的参与者。要有社会意义上的传播，就要尊重信息接受者的态度和能力"[199]。

在北京奥运举办之前，美籍华人导演王勤平的纪录片《北京：你准备好了吗？》在美国PBS公共电视网热播。这部纪录片长达13集，每集30分钟。片中，美国PBS公共电视网的主持人玛丽在中国品中餐、游故宫、登长城、逛胡同；在潘家园淘宝；在秀水街购物时和老板砍价；在"老舍茶馆"品茶；在后海酒吧街小酌……带领观众观看和了解了中国为成功举办本届奥运所提供的"硬件"设施与北京市民为迎接各国友人所精心准备的"软件"服务。该片在奥运会开幕式前已在美国44个州的416个公共电视台和47个有线电视台播出，进入美国88%的州际电视市场。其中，有很多与奥运建设相关的负责官员甚至"顶级人物"对奥运进行专业的解读，也有文艺界、体育界的名人，如成龙、章子怡、姚明

---

[197] （英）尼克·史蒂文森. 文化与公民身份[M]. 长春：吉林出版集团有限责任公司，2007：03.

[198] （英）尼克·史蒂文森. 全球化、民族文化与文化公民身份[A]. 见：翟学伟，甘会斌等编译. 全球化与民族认同[M]. 南京：南京大学出版社，2009：42.

[199] 陈卫星. 中国现代化的传播学反思[A]. 见：袁军，胡正荣. 面向21世纪的传播学研究：中加传播学研讨会文集[M]. 北京：北京广播学院出版社，2000:07.

以及曾经的奥运会冠军来谈奥运的。更多的，则是北京各个领域的老百姓，如一个正在建筑工地劳动的民工，或者一个正在培训中的奥运志愿者，生动呈现奥运盛会的精彩之处。

此外，网络中虚拟社会的性质瓦解了人们传统的身份确认，如霍尔所说的那样，"主体在不同时间获得不同身份，再也不以统一自我为中心了。我们包含相互矛盾的身份认同，力量指向四面八方，因此我们的身份认同总是一个不断变动的过程"[200]。它从最微观的层面改变了个人的日常生活模式，使文化身份建构中的国家主导与个体协商之间的话语空间上下拉伸，将公民身份的认同对象从单一的民族国家扩展为多元化的政治共同体，由此也促使强大的主流意识形态向日常话语的"俯就"。例如，《夜游京城记录普通人的奥运》[201]一文就随机记述北京奥运开幕式前夜北京街头的普通片断，在生活场景中体现奥运对普通个体日常生活的影响。

5∶18

山东男孩的奥运生日

5点18分，伴随着雄壮的国歌，天安门广场举行了升旗仪式。李珈贤特意掏出相机在国旗面前给自己拍了张照片，前一天下午他从山东临沂的老家出发，经过12个小时的汽车抵达北京后，一路问路走了3个小时，终于赶在升国旗前找到天安门广场。"我来北京是过生日的，奥运会开幕那天是我23岁生日，所以我一定要来北京过生日"，小伙子腼腆地面对记者的镜头。

4∶38

等待国旗升起

4点38分，5名河北来京打工的女孩伏在天安门广场的护栏上等待五星红旗的升起。半个小时后，随着第一缕晨曦洒向首都，远处的北京奥运会会徽将和鲜红的国旗争相辉映。

0∶02

安保中的奥运

---

[200]　陶家俊. 文化身份的嬗变：E. M. 福斯特小说和思想研究[M]. 北京：中国社会科学出版社，2003：76.

[201]　资料来源：新浪网奥运专辑，http://2008. sina. com. cn/other/2008-08-08/0753165834. shtml

0点02分，国家体育场不远处的民族园路上，几名值班民警从一辆巡逻装甲车旁走过。在鸟巢、水立方、五棵松等体育场馆外，安保工作是重中之重，时时刻刻都能看到安保人员维持秩序，还有无数的志愿者在为游客指路，提供翻译服务。

0：15

修路工人们的奥运

0点15分，鸟巢附近的人行道上，田春友和他的同事们正在进行路面维护，把路面行人行走的铺砖重新进行加固。"这些天走的人多了，路面的砖有些下陷，不平整，我们把路面重新维护下就好了。"田春友一面用扫把打扫路面，一面用脚踩踩刚维护好的区域，看看脚感如何，而他们已经在这里工作了1个小时了。"也算是为奥运做贡献"田春友有些不好意思地说，"大家不都是为了奥运（而努力工作）么"。

2：00

法国姑娘的文化奥运

2点，来自法国的Anna Nellor母女正在一间酒吧和朋友聊天，看到我们的相机之后，摆起了pose让我们拍照。Anna的女儿Nother将在北京奥运期间担任法语——英语翻译，陪同女儿来中国的她很享受北京的生活，"中国人比法国人浪漫多了，北京的生活很舒适。"说完，还特意把做过拔火罐的背给我们看，因为奥运而来到中国的她，正在享受着东方独特的文化魅力。

3：10

火锅店里的奥运

簋街是北京出名的夜宵街，3点10分，依旧灯火辉煌，而即将到来的北京奥运也给这里留下了痕迹。一家川菜火锅店中，王磊正在座位上收看阿森纳对阵皇马的球赛。店员告诉我们，北京奥运期间，店里19个开放包间都安装了一部电视机，届时19台电视同时直播奥运，这样顾客就能一边饱口福一边饱眼福了。

在奥运传播中，通过日常描述体现价值观念对普通百姓生活方式渗透的文本俯拾皆是，对于个体来说，它是一种自我激励的无差别话语。人们一方面希望保持个性，一方面想透过依附群体取得归属感；在逻辑上，保存个性与取得归属感是两种独立的心理需要，两者并不相悖。这也是个体自我身份体验和思考的一种过程，这类价值含化直接指向普通大众的日常生活。当奥运传播的内容和个体的观念现实相吻合时，就会在主导与协商之间形成"共振"，通过价值观念的含化，奥运会成为一种体质、意志和精神全面均衡发展的生活哲学与生活方式，从而在文化身份建构的主导方式与协商方式之间形成整合。

二、替代性文化共同体的显现

"共同体一直是一个象征着互助、和谐和信任的褒义词，其本质是传递出一种安全、愉悦和令人神往的满足感，意味着怀念一种传统的稳定生活，或者渴望重新拥有一个团结和谐的世界。"[202]在《共同体与社会》一书中，腾尼斯把共同体界定为"拥有共同事物的特质和相同身份与特点的感觉的群体关系，是建立在自然基础上的、历史和思想积淀的联合体，是有关人员共同的本能和习惯，或思想的共同记忆，是人们对某种共同关系的心理反应，表现为直接自愿的、和睦共处的、更具有意义的一种平等互助关系"[203]。

在交往中，成员因相互接近、有共同的文化遗产和共同的记忆而联合在一起。"传统的(密)礼俗社会是建立在热烈交往基础上的有机共同体"[204]，民族国家曾经是主要的共同体形式，但是"在近几十年来，具有全球性权力的全球资本在自由流动的过程中不仅仅只有经济交往的意义，更带来深层次的结构性影响：削弱民族国家的稳定结构和安全功能"[205]，再加上媒介技术的发展，替代性文化共同体开始显现。网络传播成为"陌生人交换信息的全球市场，电子(疏)社区以及淡漠沟通可以是陌生者的联合，也是创造稀疏共同体的必然结果"[204]。

"替代性的文化共同体身份认同"主要是指个体凭借媒介使用，在人际传播的基础上综合运用多种媒介形式和现代电子媒介技术（广播、电影、电视、网络、通讯卫星），打破地理空间的约束和限制，使原本固有的集体身份在政治、经济、文化诸方面获得更多新的文本阐释

---

[202]　（英）齐格蒙特•鲍曼. 共同体[M]. 欧阳景根，译. 南京：江苏人民出版社，2003：2.

[203]　（德）菲迪南•腾尼斯. 共同体与社会[M]. 林容远，译. 北京：商务印书馆，1999：ii —iii.

[204]　（英）尼克•史蒂文森. 文化与公民身份[M]. 长春：吉林出版集团有限责任公司，2007：39.

[205]　郭台辉. 共同体：一种想象出来的安全感——鲍曼对共同体主义的批评[J]. 复旦公共行政评论（第三辑）——危机安全与公共治理，2007：79.

意义，也有学者将这种文化身份的认同形态称为"非地域社会群体"。这种"替代性的文化共同体身份认同"对文化身份的建构产生了非常大的影响，改变了人类的交往方式和信息的传播方式。在当代中国的社会现实中，"原初性的身份认同""文化共同体的身份认同"和"替代性的文化共同体身份认同"同时存在，又都经历着"非传统"的转变。换言之，"原初性的身份认同"在个体层面的建构过程充满了主体意识的觉醒与完善，其中既包括人与自然、人与社会、人与自我之间的终极意义的价值追求，也体现为现实的安身立命的个体需求。"文化共同体的身份认同"是个体对以民族国家为基础的集体文化身份的接受与自觉维护，它与文化共同体之间并不是简单的个人和集体的关系，而是存在着意义的生产、传播与协商。

（一）网络社区

尼克·史蒂文森所说的"稀疏的共同体"就是一种替代性文化共同体，它首先以网络社区的形式显现出来。迈克尔·海姆将人类在虚拟空间中的活动方式概括为7个阶段："模拟、远程展示、身体完全沉浸、身临其境、互动、人造性和网络化的交往"[206]。其中，模拟与远程展示是网络文化的初级阶段，网民对于彼此文化并没有完全熟知，只是一种文化的磨合期；而身体完全沉浸和身临其境可以算是第二阶段，互联网把人们带向更为广泛的交流空间，在这个虚拟空间内，个人的活动不受地域、时间约束；当网民行为进入第三个阶段即网络互动的时候，便开始了身份的表达与相互认同。

在互联网肇兴的BBS时代，网络社区显示了它作为一种公共领域的特点，最初依托人际交流成为一种即时的在线联系方式，但是很快就自发的形成了某种主题性质的社区，成员在"版主"的管理下就某些议题发表意见，虽然存在片断与失实的质疑，但网络社区依旧飞速发展。如今在各类网站中，"版""吧"和"群"的数量早已是天文数字，它们成为网民在网络中自我身份界定的领域。网络社区的信息管理并不像短信互动中的电视节目主持人那样明显，版主在其中发挥了意见领袖的作用。同时，在官方议程的范围内，网络社区也对网络化的交往形

---

[206] （美）迈克尔·海姆. 从界面到网络空间——虚拟实在的形而上学[M]. 金吾伦，刘钢，译. 上海：科技教育出版社，2000：11.

态进行了拓展。以在中国较有影响的天涯社区为例，2005年8月8日，距北京2008年奥运会开幕还有三周年之时，北京奥组委官方网站（www.beijing2008.com）制作过视频直播访谈栏目"奥运向我们走来"，当时天涯社区就曾协助北京奥组委官方网站向广大网友征集访谈的问题。2008年3月，天涯社区启动100余个城市论坛版块，实现奥运火炬传递信息线上与线下的"无缝对接"，配合整体活动的实时推广，展开以"人文奥运、全民制造"为主题的系列奥运主题活动，与奥运火炬传递同步开展"奥运圣火天涯行"活动，跟随奥运火炬传递途经的116个城市，举办大型迎奥运网友聚会，募集奥运圣火报道志愿者，从草根的角度全方位报道奥运圣火传递全过程。在北京奥运会正式开幕之后，天涯社区通过"话题讨论、加油助威、版块祝福、有奖竞猜、奖牌发布、网民报道"等众多形式开展多样的奥运主题活动。"单就个体网民而言，他的每一次点击、回帖、跟帖、转帖，其效果都小得可以忽略。但就是这样看似无力和孤立的行动，一旦快速聚集起来，孤掌就变成了共鸣，小众就扩张为大众，陌生人就组成了声音嘹亮的行动集团。"[207]

（二）认知共同体

除了虚拟空间的网络社区之外，认知共同体作为另一类替代性文化共同体也在逐渐显示出协商的整合态势。根据哈斯的定义，认知共同体是"在特定领域具有认同的专业技术和能力、和该领域事务范围内政策相关知识的权威主张的网络"，它"出示不完整的或模糊的证据，同一认知圈内成员会做出相似解释、得出类似政策结论和建议"[208]。

这一提法与目前中国社会正在进行的有关公共知识分子身份的讨论异曲同工，都立足于某一方面的专业知识对决策的影响作用。有着相似思维的专业人员团体具有保持中立的能力、科学正统性和行为模式，这使得他们区别于利益团体，旨在全社会中构建知识和共享的一致观点。不过，国内的讨论侧重强调公共知识分子相对于中央集权的独立与理

---

[207]　资料来源：盘点：中国网络问政2010年十件大事，《南方都市报》http://tech.ifeng.com/internet/detail_2011_01/10/4183712_0.shtml

[208]　Haas, P. (1992). Introduction：Epistemic Communities and International Policy Coordination. International Organization. 46 (1)：1 - 35. 转引自庄佩君，汪宇明. 基于认知共同体的大都市区治理与协调机制[J]. 经济地理，2009(05)：735.

性，而认知共同体则偏重于在国际事务中的有效运作，并且认知共同体的专业化运作有一整套基于内部定义的评价标准的因果认识、共同的有效性判断、共同政策、标准化职责和一系列共同的实践做法，具有更加成熟的组织性。

不论是认知共同体还是公共知识分子，作为一种正在浮现中的替代性文化共同体，都指向了两个关键事实：一是中国社会公共话语空间的生长将传统的文化身份的层级进行扩展，将集体与个体层面的身份意义相互勾连；二是在替代性文化共同体的确能够在分散的网络民意中扮演意见领袖的角色。

2005年11月，北京奥运会吉祥物"福娃"推出，最初在官方文件中福娃英译为"Friendlies"，但是这个英文名字首先在专业人士中引起了争议，兰州大学资环学院的李博士是最先提出福娃的国际译名"Friendlies"有三个不足。首先，在单词意义上，"Friendly"有两个意思：一是："友好的人"。二是"运动队之间的比赛"(也就是友谊赛)。两种意思的复数形式均为Friendlies。其次，在发音上，"Friendlies"跟"Friendless"(没有朋友的)发音雷同，容易造成误解。第三，在单词读音上会让人认为："Friendlies＝Friend(朋友)＋lies(说谎)"，会产生歧义。并提出过三种"福娃"的译法：Forworld：与北京奥运口号"One World One Dream"（同一个世界，同一个梦想）不谋而合。Forward：本意是"勇往直前"，正好与"更高、更快、更强"的奥运精神不谋而合；Forwards：本意是"向前地"（勇往直前），而且跟我国西南一带方言中称小孩"娃子"谐音（福娃子）。由此，福娃的英译名称引起了广泛争论，成为广为关注的新闻事件。新华网体育论坛中曾以"福娃国际译名是否恰当？"为题展开了讨论。在此后长达近1年的时间里，争论一直未见停歇。2006年10月，北京奥组委低调宣布，将福娃的英文名称由"Friendlies"更名为汉语拼音"Fuwa"。

福娃改名事件体现出替代性文化身份在话语协商中的行动力，个体通过媒介使用更广泛的获得信息权、表现权、知识权、沟通权，同时具有身份多样性和社会交互性。但是，这并不意味着传统意义的文化共同体已经衰微而被取代，民族国家依然是最主要的文化共同体，这与当代中国社会正在生长的公共话语空间相应，也是文化身份建构的整合趋势之一。

三、走向文化公民身份

奥运传播中国家与个体都在媒介使用中进行着媒介意义的生产，当代中国的文化身份建构中包含着两种相对的话语方式，即自上而下的主导模式与自下而上的协商模式，二种模式之间并不平衡，国家主导话语的影响力要远远大于个体的协商话语，但是二者都承认共同体内部文化身份存在差异。"文化公民身份的一个关键性层面依然是在民族生活内的包容性参与"[209]，它体现出国家动员的契约性管理与个体"文化自决"的结合。如果按照二元式思维方式，文化身份主体特征的变化会在主导或协商中"二选一"，但是实际的发展总是体现着这两种趋势的混合。当代中国社会的现实发展中，国家主导的官方话语力量与个体的文化协商之间出现了相互谋划与砥砺的关系转变。

即使是在中国这样具有悠久中央集权的国家里，文化身份建构中官方话语的传播方式也在奥运周期中显示出转变，逐渐向日常层面靠近，呈现出越来越明显的协商性，这种态势同公共话语空间生长、公民社会开始发展的社会现实相类似，反映在个体文化身份建构上就是逐渐走向文化公民身份。

哈特利在分析西方当代主体特征时认为，随着西方社会文化进入后现代阶段，正在形成文化公民身份，它"以选择、喜好和生活方式的文化自决为基础，它所包含的一切，包括认同和自我的所有细节无不具有分散性、后对抗性和国际性，它的基础是自决，而不是国家的强制"[210]。中国当代社会一直处于剧烈地变化之中，哈特利所说的西方文化公民品格在中国还远未形成，但是随着传播技术的革新与身份自觉意识的渗透，主体文化身份已经表现出与文化公民品格相一致的整合趋势。

因而，在奥运传播的语境中分析当代中国文化身份建构的整合态势，也是当代中国文化身份传承与更新问题的一种理论阐释，在现实的动态建构过程只能肯定二者并行交融的发展趋势，无法也没有必要对其进行量化的对比衡量。

---

[209]　（美）尼克•史蒂文森. 全球化、民族文化与文化公民身份[A]. 见：翟学伟，甘会斌等，译. 全球化与民族认同[M]. 南京：南京大学出版社，2009：36.

[210]　（澳）约翰•哈特利. 从权力到识别：大众新闻与后现代性[A]. 见：马戎、周星. 21世纪：文化自觉与跨文化对话（一）[M]. 北京：北京大学出版社，2001：252.

结　语

奥运传播为文化身份问题的研究提供了一个合适的视域，主导模式和协商模式相互联结，构成了文化身份建构的"主导——协商"模式。这一模式中萦绕着两大变量，一是主体文化身份的层次问题，二是文化身份与媒介意义框架之间的关系问题，它们如同DNA中的螺旋组合，赋予中国文化身份问题以理论张力，使其成为立体的研究空间。

文化的互动和交流只能建立在以本土文化为主体的建构基础上。作为一种身份的建构，传统文化是人类过去所创造的种种制度、信仰价值观念和行为方式在延传过程中所形成的模式和规律。因而预置因素在文化身份中的影响力不容忽视，时代背景与民族文化传统的积淀会在主体的身份认知中预先植入相应的身份期待，它也为主体在投入社会活动时大致圈出了活动范围，设定了活动的规则。

在文化身份建构的过程中，不能简单地界定孰重孰轻。若将预置建构的诸因素视为文化身份中相对固定的一部分，而国家主导与个体协商之间就形成了另外的身份张力。在文化身份建构的话语中存在一种双重的身份冲突。国家的主导身份建构要求文化共同体中的个体服从意识形态的政治话语，但是现代化的民主观念又在中国社会进行着民主权利的启蒙，个体对自身政治层面的文化身份的诉求明显地出现了与官方话语的对抗。尽管几乎所有的国家都珍视文化传统在民族凝聚力方面的重要性，当民族国家尚未受到全球化浪潮洗刷的时候，通过血缘和地缘的纽带，传统、主权、民族、领土等因素充当了稳定的文化身份的建构因素。通过对这些因素的体认，个体形成了对国家集体的忠诚感和归属感，北京奥运期间成功的社会动员就证明了主导话语在文化身份建构中的巨大作用。

国家主导的建构作用在奥运传播中体现得非常充分，但是就文化传播的长远效果而言，文化身份的协商建构会体现出越来越有效的社会行动力。虽然社会主体中存在着多个层面身份内涵与价值诉求，但是就文化身份的建构而言，最大的意义还是在于寻求安全的文化边界。文化边界是主体文化身份确认的前提，它宽泛的限制着文化身份的漂移，同时在文化身份建构中划定的意义范围。

"我们在跨越不同实践领域的永恒运动中过着我们的生活"[211]，安全的文化边界并不是一成不变的，主体文化身份的关系层次也会随着边界的移动发生微调，但在一定的时空范围内，文化边界的位移非常有限，因而从奥运传播的视角观察当代中国文化身份建构问题，可以涵盖相当一部分现实的中国文化现象。在文化身份的诸多建构因素中，主流意识形态的作用不容忽视，这也是北京奥运为中国留下的文化印象之一；即便如此，主体在不同的时空获得不同的身份，文化身份在个体层面则不断地参照着主导话语进行自我确认，寻找一个个坐标点来定位日常生活，实现文化身份"主导——协商"的建构过程。

任何研究都是开始而非结束，当代的中国文化身份建构在不同的语境和不同的研究视角下，也会呈现出不同的问题样式，因而也就不存在放之四海而皆准的理论范式。本书基于奥运传播的视角，围绕当代中国文化身份建构这一命题进行论述，提出文化身份建构的"主导——协商"模式，它作为一种分析框架，在奥运传播的语境之外是否也具有较好的理论阐释力，还有待于进一步的观察与检验。

---

[211] （英）托尼·本尼特. 文化与社会[M].王杰，强东红等，译. 南宁：广西师范大学出版社，2007：215.

中外文参考文献

[1]（德）菲迪南·腾尼斯.共同体与社会[M].林容远，译.北京：商务印书馆，1999.

[2]（德）哈贝马斯.公共领域的结构转型[M].曹卫东等，译.上海：学林出版社，1999.

[3]（德）哈拉韦尔德·韦尔策编.社会记忆：历史、回忆、传承[M].季斌，王立君，白锡堃，译.北京大学出版社，2007.

[4]（德）海因里希·贝克.文明：从"冲突"走向和平[M].吴向宏，译.北京：中国社会科学出版社.

[5]（德）马勒茨克.跨文化交流[M].潘亚玲，译.北京：北京大学出版社，2001.

[6]（德）沃尔夫冈·查普夫.现代化与社会转型[M].北京：社会科学文献出版社，1998.

[7]（德）扬·阿斯曼，托尼奥赫尔舍.文化与记忆[M].法兰克福出版社，1988.

[8]（法）阿尔弗雷德·格罗塞.身份认同的困境[M].王鲲，译.北京：社会科学文献出版社，2010.

[9]（法）埃里克·麦格雷.传播理论史———种社会学的视角[M].刘芳，译.北京：中国传媒大学出版社，2009.

[10]（法）波德里亚.消费社会[M].刘成富，全志刚，译.南京：南京大学出版社，2000.

[11]（法）米歇尔·福柯.规训与惩罚[M].刘北城等，译.北京：三联书店，1999.

[12]（法）莫里斯·哈布瓦赫.论集体记忆[M].毕然，郭金华，译.上海：上海人民出版社，2002.

[13]（法）皮埃尔·布尔迪厄.关于电视[M].许钧，译.辽宁：辽宁教

育出版社，2000.

[14]（法）皮埃尔·布尔迪厄.实践与反思——反思社会学导论[M]北京：中央编译出版社，2004.

[15]（法）让·波德里亚著.消费社会[M].刘成富，全志钢，译.南京：南京大学出版社，2001.

[16]（法）瓦诺耶克.奥林匹克运动会的起源及古希腊罗马的体育运动[M].天津：百花文艺出版社，2006.

[17]（韩）朴世直.我策划了汉城奥运会[M].姜镕哲，译.北京：中信出版社，2005.

[18]（荷）克兰德尔曼斯.抗议的社会建构和多组织场域[A].见：（美）艾尔东·莫里斯，卡洛尔·麦克拉吉·缪勒.社会运动理论的前沿领域[M].刘能，译.北京：北京大学出版社，2002.

[19]（荷）佛克马，（荷）蚁布思.文化研究与文化参与[A].见：国强译，乐黛云，北大学术讲演丛书第三辑[C]，北京：北京大学出版社，1996.

[20]（加）文森特·莫斯可.传播政治经济学[M].胡正荣等，译.北京：华夏出版社，2000.

[21]（加）伊尼斯.传播的偏向[M].何道宽，译.北京：中国人民大学出版社，2003.

[22]（美）爱德华·赫尔曼，罗伯特·麦克切斯尼全球资本主义的新传教士[M]..甄春亮等，译.天津：天津人民出版社，2001.

[23]（美）爱德华·萨义德.东方学[M].王宇根，译.北京：三联书店，2000.

[24]（美）爱德华·萨义德.文化与帝国主义[M].李馄，译.北京：生活·读书·新知三联书店，2003.

[25]（美）包尔丹.宗教的七种理论[M].陶飞亚等，译.上海：上海古籍出版社，2005.

[26]（美）保罗·康纳顿.社会如何记忆[M].纳日碧力戈，译.上海：上海人民出版社，2000.

[27]（美）保罗·利文森.软边缘：信息革命的历史与未来[M].熊澄宇，译.北京：清华大学出版社，2002.

[28]（美）本尼迪克特.文化模式[M].王炜等，译.北京：社会科学文

献出版社，2009.

[29]（美）本尼迪克特·安德森.想象的共同体：民族主义的起源与散布[M].吴睿人，译.上海：上海人民出版社，2003.

[30]（美）查尔斯·霍顿·库利.人类本性与社会秩序[M].包凡一，王源，译.北京：华夏出版社，1989.

[31]（美）戴安娜·克兰主编.文化社会学[M].王小章，郑震，译.南京：南京大学出版社，2006.

[32]（美）戴维·斯沃茨.文化与权力[M].陶东风，译.上海：上海译文出版社，2006.

[33]（美）丹尼尔·戴扬，伊莱休·卡茨.麻争旗译.媒介事件[M].北京：北京广播学院出版社，2000.

[34]（美）道格拉斯·凯尔纳.媒体奇观——当代美国社会文化透视[M].史安斌，译.北京：清华大学出版社，2003.

[35]（美）道格拉斯·凯尔纳.媒体文化——介于现代与后现代之间的文化研究、认同性与政治[M].丁宁，译.北京：商务印书馆，2004.

[36]（美）弗雷德里克·詹姆逊.文化转向[M].胡亚敏等，译.北京：中国社会科学出版社，2000.

[37]（美）格尔兹.文化的解释[M].纳日碧力戈等，译.上海：上海人民出版社，1999.

[38]（美）葛罗斯柏格.媒体原理与塑造[M].杨意菁，陈芸芸，译.台湾韦伯文化出版社，2001.

[39]（美）赫伯特·席勒.大众传播与美利坚帝国[M].刘晓红，译.上海：上海译文版社，2006.

[40]（美）杰弗里·亚历山大.迪尔凯姆社会学[M].辽宁：辽宁教育出版社，2001.

[41]（美）凯瑟琳·米勒.组织传播[M].袁军等，译.华夏出版社，2000年版.

[42]（美）克利福德·格尔茨.文化的解释[M].韩莉，译.南京：译林出版社，1999.

[43]（美）肯尼思·贝利现代社会研究方法[M].许真，译.上海：上海人民出版社，1986.

[44]（美）拉里·A·萨默瓦，理查德·E·波特.文化模式与传播

方式：跨文化交流文集[M].麻争旗，译.北京：北京广播学院出版社，2003.

[45]（美）理查德·谢弗.社会学与生活[M].刘鹤群，房智慧，译.北京：世界图书出版公司，2006.

[46]（美）李普曼.舆论学[M].北京：华夏出版社，1989.

[47]（美）罗杰·D·维曼，约瑟夫·R多米尼克.大众媒介研究导论[M].金兼斌等，译.北京：清华大学出版社，2005.

[48]（美）罗杰斯.传播学史：一种传记式的方法[M].殷晓蓉，译.上海：上海译文出版社，2002.

[49]（美）罗兰·罗伯森.全球化：社会理论和全球文化[M].梁光严，译.上海：上海人民出版社，2005.

[50]（美）马克·波斯特.第二媒介时代[M].范静晔，译.南京：南京大学出版社，2001.

[51]（美）迈克尔·海姆.从界面到网络空间———虚拟实在的形而上学[M].金吾伦、刘钢，译.上海：科技教育出版社，2000.

[52]（美）麦克尔·佩恩.奥林匹克大逆转[M].上海：学林出版社，2005.

[53]（美）曼纽尔·卡斯特.网络社会的崛起[M].夏铸九等，译.北京：社会科学出版社，2003.

[54]（美）尼古拉·尼葛洛庞帝著.数字化生存[M].胡泳等，译.海口：海南出版社，1997.

[55]（美）欧文·戈夫曼.黄爱华，日常生活中的自我呈现[M].冯钢，译.杭州：浙江人民出版社，1989.

[56]（美）帕斯卡尔·扎卡里.我是"全球人"[M].北京：新华出版社，2002.

[57]（美）乔纳森·弗里德曼.文化认同与全球性过程[M].郭建如，译.北京：商务印书馆，2003.

[58]（美）塞缪尔·亨廷顿.文明的冲突与世界秩序的建构[M].周琪等，译.北京：新华出版社，2002.

[59]（美）史蒂夫·莫滕森.跨文化传播学[M].关世杰等，译.中国社会科学出版社，1999.

[60]（美）斯蒂文森著.认识媒介文化[M].王文斌，译.北京：商务印

书馆，2001.

[61]（美）斯坦利·巴兰，丹尼斯·戴维斯.大众传播理论:基础、争鸣与未来[M].曹书乐，译.北京：清华大学出版，2004.

[62]（美）泰勒·考恩.创造性破坏:全球化与文化多样性[M].王志毅，译.上海：上海人民出版社，2007.

[63]（美）威廉·麦克高希.世界文明史:观察世界的新视角[M].董建中，王大庆，译.北京：新华出版社，2003.

[64]（美）沃纳·赛佛林，小詹姆斯·坦卡德著.传播理论：起源、方法与应用[M].郭镇之等，译.北京：华夏出版社，2006.

[65]（美）雪莉·特克.虚拟化身：网络时代的身份认同[M].谭天，吴佳真，译.台湾：台湾源流出版社，1998.

[66]（美）叶海亚·R.伽摩利珀.全球传播[M].尹宏毅，译.北京：清华大学出版社，2003.

[67]（美）约翰·汤普森.意识形态与现代文化[M].高括等，译.南京：译林出版社，2005.

[68]（美）约翰·维维安.大众传播媒介（第七版）[M].顾宜凡，译.北京：北京大学出版社，2010.

[69]（美）约书亚·梅罗维茨.消失的地域:电子媒介对社会行为的影响[M].肖志军，译.北京：清华大学出版社，2002.

[70]（美）詹姆斯·卡伦.媒体与权力[M].史安斌，董关鹏，译.北京：清华大学出版社，2006.

[71]（美）詹姆斯·库兰.大众媒介与社会[M].杨击，译.北京：华夏出版社，2006.

[72]（美）詹姆斯·罗尔.媒介、传播、文化：一个全球性的途径[M].董洪川，译.北京：商务印书馆，2005.

[73]（希腊）古里奥尼斯.原生态的奥运会[M].上海：上海人民出版社，2008.

[74]（英）阿雷恩·鲍尔德温，布莱恩·朗赫斯特，斯考特·麦克拉肯迈尔斯·奥格伯恩，格瑞葛·斯密斯.文化研究导论（修订版）[M].陶东风等，译.北京：高等教育出版社，2004.

[75]（英）埃里克·霍布斯鲍姆.民族与民族主义[M].李金梅，译.上海：上海人民出版社，2006.

[76]（英）安东尼·吉登斯.现代性与自我认同[M].赵旭东，方文，译.北京：生活·读书·新知三联书店，1998.

[77]（英）达雅·屠苏.国家传播:延续与变革[M].董关鹏等，译.北京：新华出版社，2004.

[78]（英）大卫·麦克奎恩.理解电视:电视节目类型的概念与变迁[M].苗棣等，译.北京：华夏出版社，2003.

[79]（英）戴维·莫利，凯文·罗宾斯.认同的空间[M].司艳，译.南京：南京大学出版社，2001.

[80]（英）戴维·钱尼.文化转向：当代文化史概观[M].戴从容，译.南京：江苏人民出版社，2004.

[81]（英）丹尼·卡瓦拉罗.文化理论关键词[M].张卫东等，译.南京：江苏人民出版社，2006.

[82]（英）丹尼尔·贝尔.资本主义文化矛盾[M].赵一凡，蒲隆，任晓晋，译.北京:生活·读书·新知三联书店，1989.

[83]（英）迪金森等编.受众研究读本[M].单波，译.北京：华夏出版社，2006.

[84]（英）格吉诺夫·瓦西尔.奥运会的起源与发展：解读奥林匹克运动会[M].北京：北京体育大学出版社，2008.

[85]（英）格雷厄姆·默多克.以媒体为中介的现代性：传媒与当代生活[J].新闻与传播，2006（06）.

[86]（英）格雷姆伯顿.媒体与社会：批判的视角[M].史安斌，译.北京：清华大学出版社，2007.

[87]（英）霍布斯鲍姆·兰格.传统的发明[M].顾杭，庞冠群，译.南京：译林出版社，2004.

[88]（英）简·阿特·斯图尔特.解析全球化[M].王艳丽，译.长春：吉林人民出版社，2003.

[89]（英）理查德·刘易斯.文化的冲突与共融[M].关世杰，译.北京：新华出版社，2002.

[90]（英）迈克·克朗.杨淑华，文化地理学[M].宋慧敏，译.南京：南京大学出版社，2003.

[91]（英）尼克·史蒂文森.文化与公民身份[M].长春：吉林出版集团有限责任公司，2007.

[92] （英）齐格蒙特·鲍曼.共同体[M].欧阳景根，译.南京：江苏人民出版社，2003.

[93] （英）乔治·拉伦.意识形态与文化身份——现代性和第三世界的在场[M].戴从容，译.上海：上海教育出版社，2005.

[94] （英）斯图亚特·霍尔.文化身份与族裔散居[A].见：罗钢，刘象愚.文化研究读本[M].北京：社会科学文献出版社，2000.

[95] （英）托尼·本尼特.文化与社会[M].王杰，强东红等，译.南宁：广西师范大学出版社，2007.

[96] （英）维克多·特纳.仪式过程：结构与反结构[M].黄剑波，柳博赟，译.北京：中国人民大学出版社，2006.

[97] （英）约翰·R·霍尔，玛丽·尼兹.文化:社会学的视野[M].周晓红，徐斌，译.北京：商务印书馆，2002.

[98] （英）约翰·汤林森.全球化与文化[M].郭英剑，译.南京：南京大学出版社，2002.

[99] （英）约翰·汤林森.文化帝国主义[M].冯建三，译.上海：上海人民出版社.

[100] Allan, Stuart. (2007). Media, risk and science. Beijing: Peking University Press; McGraw-Hill Education (Asia) Co.

[101] Angelini, James R. Billings, Andrew C. (2010). An Agenda That Sets the Frames: Gender, Language, and NBC's Americanized Olympic Telecast, Journal of Language and Social Psychology, September 2010; vol. 29, 3: pp. 363-385. first published on May 10, 2010.

[102] Baran, Stanley J. (2006). Introduction to mass communication: media literacy and culture. 4th ed. Boston: McGraw-Hill.

[103] Barker, Chris. (2008). Television, globalization and cultural identities. Beijing: Peking University Press ; McGraw-Hill Education (Asia) Co.

[104] Bignell, Jonathan. (2006). Postmodern media culture. Beijing: Peking University Press.

[105] Billings, Andrew C. (2008). Olympic media: inside the biggest show on television. Routledge Critical Studies in Sport. New York: Routledge.

[106] Boyle, Raymond. (2000) Power play: sport, the media, and popular culture. London: Longman.

[107] Boyle, Raymond. (2006). Sports journalism:context and issues. London: SAGE.

[108] Brokaw, Cynthia Joanne. (2007). Commerce in culture : the Sibao book trade in the Qing and Republican periods. Cambridge, Mass. : Harvard University Asia Center : Distributed by Harvard University Press,.

[109] Cahn, Susan K. (1994). Coming on strong: gender and sexuality in twentieth-century women's sport. Cambridge, Mass.: Harvard University Press.

[110] Carey, James W. (2009). Communication as culture: essays on media and society. Rev. ed. New York: Routledge,.

[111] Chun, Jayson Makoto. (2007). "A nation of a hundred million idiots" ? : a social history of Japanese television, 1953-1973 /. New York: Routledge.

[112] Coakley, Jay J. (2008). Sports in society: issues and controversies. 10thed. New York: McGraw-Hill.

[113] Couldry, Nick. McCarthy, Anna. (2004). MediaSpace: place, scale and culture in a media age. London; New York: Routledge.

[114] Crowley, David J. Heyer, Paul. (2007). Communication in history: technology, culture, society. 5th ed. Boston: Pearson Allyn & Bacon.

[115] DeGeorge, Gail. (1996). The making of a blockbuster: how Wayne Huizenga built a sports and entertainment empire from trash, grit, and videotape. New York: John Wiley.

[116] Dempsey, John Mark. (2006). Sports-talk radio in America: its context and culture. New York: Haworth Press.

[117] Dine, Philip. (2000). Sport and identity in the new France ── Contemporary French cultural studies. edited by William Kidd and Siân Reynolds. London: Arnold; New York: Co-published in the United States of America by Oxford University Press.

[118] Eisen, George. Wiggins, David K. (1994). Ethnicity and sport in North American history and culture. Westport, Conn.: Greenwood Press.

[119] Emra, Bruce. (2000). Sports in literature: experiencing the thrill of competition through stories, poems, and nonfiction.2nd ed. Lincolnwood, IL :

National Textbook Co.

[120] Fullerton, Sam. (2007). Sports marketing. Boston: McGraw-Hill.

[121] Giles, Judy. (2008). Studying culture: a practical introduction. 2nd ed. MA : Blackwell Pub.

[122] Gilroy, Paul. (1997). Diaspora and the Detours of Identity, in Identity and Diffefence, Ed. Kathryn Woodward, London: Sage Publications and open University.

[123] Gumpert, Gary. Cathcart, Robert S. (1979) Inter/media: interpersonal communication in a media world, Oxford : Oxford University Press.

[124] Hall, Bradford J. (2005). Among cultures: the challenge of communication. 2nd ed. Belmont, CA: Thomson Wadsworth.

[125] Herron, Nancy L. (1992). The Leisure literature : a guide to sources in leisure studies, fitness, sports, and travel. Englewood, Colo.: Libraries Unlimited.

[126] Hogan, John p. (2005). Cultural identity, pluralism, and globalization. Washington, D.C.: Council for Research in Values and Philosophy.

[127] International Conference "Media Change and Social Theory" (2006): St Hugh's College,Oxford. The media and social theory. London; New York : Routledge.

[128] Jeanrenaud, Claude. Ké senne, Stefan. (2006). The economics of sport and the media .Cheltenham, UK; Northampton, MA: Edward Elgar.

[129] Jhally, Sut. (2006). The spectacle of accumulation: essays in culture, media, & politics /. New York: Peter Lang.

[130] LaFeber, Walter. (1999). Michael Jordan and the new global capitalism. New York: W.W. Norton.

[131] Lash, Scott. (2007). Global culture industry: the mediation of things. Cambridge: Polity.

[132] Leggett, Susan C. (2006). Communication and contradiction: living history and the sport pages of the Daily worker——Marxism and communication studies: the point is to change it. New York: P. Lang.

[133] Lewis, Jeff. (2005). Language wars: the role of media and culture in global terror and political violence. London; Ann Arbor, MI: Pluto Press.

[134] Loy, John W. Kenyon, Gerald S. McPherson, Barry D. (1981). Sport, culture, and society: a reader on the sociology of sport.Philadelphia : Lea & Febiger.

[135] McBride, James. (2005). War, battering, and other sports: the gulf between American men and women. Atlantic Highlands, N.J.: Humanities Press.

[136] McElroy, John Harmon. (2006). Divided we stand: the rejection of American culture since the 1960s. Lanham, Md.: Rowman & Littlefield.

[137] Morris, Meaghan. (2006). Identity anecdotes: translation and media culture. London: SAGE Publications.

[138] Nixon, Howard L. (1984). Sport and the American dream. New York: Leisure Press.

[139] Owen, Thomas. (2005). Imagi−nations and borderless television: media, culture and politics across Asia. New Delhi; Thousand Oaks: Sage Publications.

[140] Preston, Paschal. (2009). Making the news: journalism and news cultures in Europe. London; New York: Routledge.

[141] Rail, Genevi è ve. (1998). Sport and postmodern times. : New York: State University of New York Press.

[142] Roman, Denise. (2003). Fragmented identities: popular culture, sex, and everyday life in postcommunist Romania. Lanham: Lexington Books.

[143] Steen, Rob. (2008). Sports journalism: a multi media primer. London; New York: Routledge.

[144] Storey, John. (2007). Cultural studies and the study of popular culture.2nd ed. Beijing: Peking University Press.

[145] Ting−Toomey, Stella. (2007). Communicating across cultures. Shanghai: Foreign Language Education Press.

[146] Trager, Oliver. (1990). Sports in America: paradise lost? New York: Facts on File.

[147] Udeani, Chibueze C. (2008). Communication across cultures: the hermeneutics of cultures and religions in a global age. Washington, D.C.: Council for Research in Values and Philosophy.

[148] Volkmer, Ingrid. (2006). News in public memory: an international

study of media memories across generations. New York: P. Lang.

[149] Wenner, Lawrence A. (1989). Media, Sports and Society. London: Sage Publication.

[150] Whannel, Garry. (1992). Fields in vision: television sport and cultural transformation. London; New York: Routledge.

[151] 白贵，王艳.试析奥林匹克精神指涉下的当代中国健康传播[J].中国传媒报告，2008（3）.

[152] 包亚明.布迪厄访谈录——文化资本与社会炼金术[M].上海：上海人民出版社，1997.

[153] 包亚明.现代性与空间的生产[M].上海：上海教育出版社，2003.

[154] 卞冬磊，张红军.媒介时间的来临:电子传播媒介的时间想象[J].新闻学研究，2007（90）：101.

[155] 蔡笃坚.媒体再现与当代台湾民族认同形构的公共论述分析[M].台湾：唐山出版社，2001.

[156] 岑传理，田永明.奥运启示录：电视新闻论集[M].北京：人民出版社，1993.

[157] 陈力丹.试论大众传媒与舆论的互动[J].北京理工大学学报：社会科学版，2003（4）.

[158] 陈立基.论奥运会发展观[M].北京：北京体育大学出版社，2007.

[159] 陈明珠.媒体再现与认同政治[J].中国传媒报告，2003（4）.

[160] 陈日浓.中国对外传播史略[M].北京：外文出版社，2010.

[161] 成露茜，黄孙权.文化产业、文化治理与地方认同——以台湾新兴的嘉年华为例[A].见：中国民主建国会联络委员会，文化委员会，西北大学.两岸文化创意产业发展论集[C].西安：陕西人民出版社，2007.

[162] 程志理，薛雨平.奥林匹克文化教程[M].南京：江苏教育出版社，2007.

[163] 戴轶，赵茜. 体育在国家对外关系中的作用分析[J].北京体育大学学报，2005(01).

[164] 邓惟佳.能动的"迷"：媒介使用中的身份认同建构[D].上海：复旦大学，2009.

[165] 丁东红，郭大为.全球视野中的智慧追寻——西方哲学论文选粹[M].北京：中共中央党校出版社，2005.

[166] 丁华民.奥林匹克全书[M].哈尔滨：哈尔滨出版社，2009.

[167] 高文惠.库切——混杂文化身份的承载者[A].见：麦永雄主编东方丛刊.[M].南宁：广西师范大学出版社，2006.

[168] 龚浩群.公共领域的双重要求——评析九一一事件与中国的媒介事件[M].文化研究（第四辑）北京：中央编译出版社，2003.

[169] 郭庆光.传播学教程[M].北京：中国人民大学出版社，2005.

[170] 何英.美国媒体与中国形象[M].广州：南方日报出版社，2005.

[171] 黄旦.全球化：中国新闻传播学者的理解和构想[J].新闻记者，2002（11）.

[172] 黄晓晨.文化记忆[J].国外理论动态，2006(6).

[173] 姜智芹.镜像后的文化冲突与文化认同：英美文学中的中国形象[M].北京：中华书局，2008.

[174] 柯惠新，王兰柱.媒介与奥运（雅典奥运篇）：一个传播效果的实证研究[M].北京：人民出版社，2004.

[175] 李春霞，彭兆荣.奥运会与大众传媒关系的仪式性分析[J].体育学刊，2006（11）.

[176] 李金铨.超越西方霸权:传媒与文化中国的现代性[M].香港：牛津大学出版社，2005.

[177] 李凯.全球性媒介事件与国家形象的建构和传播[D].上海：复旦大学，2005.

[178] 李兴军.集体记忆研究文献综述[M].上海：上海教育科研出版社，2009.

[179] 李正国.国家形象构建[M].北京：中国传媒大学出版社，2006.

[180] 林晖.从新词流行看全球媒体的新变化[J].新闻记者，2005（11）.

[181] 刘邦凡.电子治理引论[M].北京：北京大学出版社，2005.

[182] 刘擎.波茨曼:影像时代的盛世危言[J].社会观察，2004(09).

[183] 刘岩.后现代语境中的文化身份研究[M].北京：凤凰出版社，2008.

[184] 刘燕.后现代语境下的认同建构[D].浙江：浙江大学，2007.

[185] 罗钢，刘象愚.文化研究读本[M].北京：社会科学文献出版社，2000.

[186] 麻争旗.体育直播的文本和意义[A].见：周亭主编.奥林匹克大传播学研究[M].北京：中国传媒大学出版社，2009.

[187] 马戎，周星.21世纪：文化自觉与跨文化对话（一）[M].北京：北京大学出版社，2001.

[188] 孟建.冲突、和谐:全球化与亚洲影视[M].上海：复旦大学出版社，2003.

[189] 潘忠党.传播媒介与文化：社会科学与人文学研究的三个模式[J].现代传播—北京广播学院学报，1996（5）.

[190] 邱戈.媒介身份论——中国媒体的身份危机与重建[M].北京：中国传媒大学出版社，2008.

[191] 任海.奥运会百科全书[M].北京：中国大百科全书出版社，2000.

[192] 邵培仁.媒介理论前沿[M].杭州：浙江大学出版社，2009.

[193] 石义彬，熊慧，彭彪.文化身份认同演变的历史与现状分析[M].武汉：武汉大学出版社，2007.

[194] 孙德忠.重视开展社会记忆问题研究[J].哲学动态，2003（3）.

[195] 孙海法，朱莹楚.案例研究法的理论与应用[J].科学管理研究，2004（01）.

[196] 孙立平.现代化与社会转型[M].北京：北京大学出版社，2005.

[197] 孙维佳.奥运会媒体运行[M].北京：中国传媒大学出版社，2007.

[198] 汤筠冰.跨文化传播与申奥片的国家形象建构[D].上海：复旦大学，2008.

[199] 陶家俊.文化身份的嬗变：E.M.福斯特小说和思想研究[M].北京：中国社会科学出版社，2003.

[200] 汪琪.全球化与文化产品的混杂化[A].见：郭镇之主编.全球化与文化间传播[M].北京：北京广播学院出版社，2004.

[201] 王成兵，吴玉军.虚拟社会与当代认同危机[J].北京师范大学学报，2003（5）.

[202] 王汉生，刘亚秋.社会记忆及其建构———项关于知青集体记忆的研究[J].社会学研究，2003（2）.

[203] 王杰文.媒介景观与社会戏剧[M].北京：中国传媒大学出版社，2008.

[204] 王力平.关系与身份:中国人社会认同的结构与动机[J].长春工业大学学报（社会科学版），2009（1）.

[205] 王明珂著.华夏边缘:历史记忆与族群认同[M].北京：社会科学文献出版社，2006.

[206] 王铭铭.象征与社会——中国民间文化的探讨[M].天津：天津人民出版社，1997.

[207] 王宁.叙述、文化定位和身份认同——霍米·巴巴的后殖民批评理论[J].外国文学，2002（6）.

[208] 王润斌.民族主义演进与奥林匹克发展[M].北京：北京体育大学出版社，2010.

[209] 王霄冰.文字、仪式与文化记忆[J].江西社会科学，2007（2）.

[210] 王晓路.文化批评关键词研究[M].北京：北京大学出版社，2007.

[211] 王岳川，陈凤珍.文化整体创新与中国经验的世界化——王岳川教授比较文化访谈录[J].四川外语学院学报，2008（3）.

[212] 翁秀琪.集体记忆与认同构塑——以美丽岛事件为例[J].新闻学研究，2001（68）.

[213] 吴飞."空间实践"与诗意的抵抗——解读米歇尔·德塞图的日常生活实践理论[J].社会学研究，2009（2）.

[214] 吴晓群.古代希腊仪式文化研究[M].上海：上海社会科学院出版社，2000.

[215] 吴宜蓁.危机传播（公共关系与语言观点的理论与实证）[M].苏州：苏州大学出版社，2005.

[216] 吴瑛.文化对外传播：理论与战略[M].上海：上海交通大学出版社，2009,

[217] 武桂杰.霍尔与文化研究[M].北京：中央编译出版社出版，2009.

[218] 夏春祥.媒介记忆与新闻仪式—二二八事件新闻的文本分析(1947—2000)[D].台湾：台湾国立政治大学，2000.

[219] 夏红卫.冠军者言：来自未名湖畔的邀约[M].北京：北京大学出版社，2010.

[220] 薛艺斌.对仪式现象的人类学解释（下）[J].广西民族研究，

2003(03).

[221] 杨弢.中西方体育文化比较[M].北京：社会科学文献出版社，2008.

[222] 愈吾金.意识形态论[M].上海：上海人民出版社，1993.

[223] 袁军，胡正荣.面向21世纪的传播学研究：中加传播学研讨会文集[M].北京：北京广播学院出版社，2000.

[224] 翟学伟，甘会斌.全球化与民族认同[M].南京：南京大学出版社，2009.

[225] 詹姆斯·库兰，米切尔·古尔维奇.杨击译.大众媒介与社会[M].北京：华夏出版社，2006.

[226] 张兵娟.媒介仪式与文化传播——文化人类学视域中的电视研究[J].现代传播，2007（6）.

[227] 张国良.20世纪传播学经典文本[M].上海：复旦大学出版社，2005.

[228] 张咏华.媒介分析：传播技术神化的解读[M].上海：复旦大学出版社，2002.

[229] 周进.新闻奥运：中国媒体眼中的奥运百年[M].北京：中共党史出版社，2008.

[230] 周亭.奥林匹克的传播学研究[M].北京：中国传媒大学出版社，2009.

[231] 周宪.文学与认同：跨学科的反思[M].北京：中华书局，2008.

[232] 周宪.中国文学与文化的认同[M].北京：北京大学出版社，2008.

攻博期间发表的与学位论文相关的
科研成果目录

一、学术期刊论文

《跨文化传播视野中体育交往的理论逻辑》，《新闻界》，2009年第四期；

《跨文化传播中民族文化符号意义的象征性参照》，《新闻界》，2010年第二期；

《论后奥运时代中国体育文化传播的理论创新》，《科学时代》，2010年第十期。

二、课题项目

2008年参与完成天津市哲学社会科学研究规划资助项目"建设和谐体育文化与促进和谐社会构建的研究"；

2010年主持天津市教委科研计划项目立项资助项目"运动员媒介素养教育的研究"项目；

2010年主持天津体育学院青年科研基金项目"中西体育文化传播的研究视域及方法比较"；

2010年参与天津市教委科研计划项目立项资助项目"天津东亚运动会媒体服务研究"。

三、学术会议论文

Refining the Past and Building a Future: A Feminism Perspective of Chinese Women's gender consciousness and the Development of Olympic Movement，第十六届国际比较体育暨运动学会年会，澳门大学，2008年

7月；

　　《跨文化传播视野中体育交往的理论逻辑与路径选择——兼论后奥运时代中国体育文化传播的问题视域》，第三届全国新闻学与传播学博士生学术研讨会，中国传媒大学，2009年4月；

　　《象征性的参照：民族文化符号意义的跨文化迁延》，第十一届中国传播学大会，北京大学，2010年7月；

　　《论中国体育传播研究的理论创新》，中国体育科学学会体育新闻传播分会2010年会二等奖，天津体育学院，2010年10月。

后 记
——我心匪石

　　这本著作草成之时，正好是自己的31岁生日，而立之年的人生感悟能有机会以这样的形式记录下来，不能不说是一种幸福。

　　我在一个有着2800多年历史的文化名城长大，小时候只要有休假，父母就会带着我在故乡的青山秀水间游荡，最喜欢的一是在汉江清澈的水流中摸石子捧小鱼；二是在每年的五一劳动节去古隆中看那个会吐水的老龙头。

　　香港回归那年，我如愿考上了从小就认定的大学，从此离开老家。在氤氲的桂花香中，懵懂的度过了四年的本科生活。新世纪的第一年，我最大的收获就是跨专业考研的成功，我从一个English Major变成了Journalist。

　　三年的硕士生活，在导师的督促、父母的关爱、同学和男友的陪伴中快乐的度过。

　　硕士毕业那年，我们坚守了美丽的校园恋情，一同北上天津，成为了同一所高校的青年教师。随后便是平淡人生中一系列幸福的经历，稳定的工作、简单的婚礼、"白捡"的房子、可爱的女儿……直到今天，我的生活依旧平淡，但这种平淡就像是定情的珍珠，虽有微瑕，难掩精圆华彩。

　　在武汉大学攻博的三年，是我最丰富的一段人生经历，我第一次真切地体验到"多元化个体身份"的舍与得。就让我在自己的身份建构中，倾诉心中的感激之情吧。

身份之一：学生

　　忘不了第一次见到导师的那天，多年后回想起来，忽然发现自己对新闻传播学理论的热情就是从那一天开始。1999年9月8日，我还是英语专业的Junior，那天正好是白露节气，我哼着《在水一方》的曲调，进入华师3号楼的3210教室，选修《新闻学概论》。就那一天我第一次听到那么精彩的理论讲授，三节连上的课程显得那么短暂。由于是跨专业选修，课堂上没有多余的椅子，每次上课我都从英语专业的教室里搬板凳，开始一个，后来是两个——一个给自己，一个给主讲的教授。一个学期的课程结束，我也开始了考研的准备工作；本科毕业后，主讲的刘九洲教授就成了我的导师。"一日为师，终身为父"，对于我绝不只是一句格言而已，硕士毕业那年，和男友（就是后来的先生）一起到导师家中辞行，听到一向严肃的导师交代说"不许欺负我们当女儿一样看的学生"，那句话深深印在心里，任何时候想起都是那样温暖。十余年来，导师一直是我仰止的灯塔，第一次写课题申报材料、第一次参加学术会议、第一次准备给研究生授课……每次遇到学习中的"不确定性"时，我总是习惯的向导师求助。愿我这个怠懒顽童有一天能够让亲爱的导师以我为傲。

身份之二——女儿

在为完成本书冲刺的三月，父亲经历了腰椎间盘突出的微创手术。那几天，我奔波在武汉和天津之间，在两万英尺的空中看着电子屏显示着飞行数据，第一次明白生命中真的存在着不可承受之重，不仅是学业和事业，更多的是感到父母亲大半生辛劳而自己却无以为报的挫败感。父母都是五十年代出生的普通工人，经历了离散的童年、残酷的青春与晦暗的职业生涯，不过这并不妨碍他们成为天下最好的父母。"养儿方知父母恩"，我能够收获的任何一点成绩，都离不开他们无私的支持与全心的付出。父母用朴素的人生向我展示着人间真爱的平凡与伟大，这是我一生受用不尽的财富。我愿用我全部的力量为他们保证一个幸福的晚年。

身份之三——老师

从小到大，我似乎没有想过去从事教师以外的职业，虽然有时也会抱怨这份工作的投入与产出比例不够理想，但是我深爱其中的那份自由的闲适，也许它让我没机会体验物质的富足，但却让我有足够的时空游目骋怀，有足够的理由平淡观想。我在微笑中看着我的学生们一批批的离开学校，与他们共同体验着四年一度的轮回。课堂上学生们对知识的热情，眼神中略带羞怯的问候，邮件中青涩却不失锋芒的文字，都是我简单的快乐。虽然偶尔也有困扰与烦闷，但是同那种笃定的平和相比，的确显得云淡风轻。我想我会这样继续下去，哪怕只是成为他们成长路上一帧不变的风景。

身份之四——妻子

我和先生相识至今已有十年，他经常自嘲说我们是一对像郭靖黄蓉那样的"互补型夫妻"，不过，我没有黄蓉的天赋慧黠，他却不失郭靖的厚道实在。虽然他总是在我的"常有理"中败下阵来，但是总是半认真的艳羡那位两次莫名失去奥运金牌的射击选手埃蒙斯，"赢了你，输了天下又何妨"。爱情在时光飞逝中静水深流，我在父亲和先生身上看到男人应有的美德，当然也乐意不遗余力的帮助他将其发扬光大。我们相约三十年后一起环游世界，夫妻之间的相互扶持与包容，自是又一种难以言喻的幸福。

身份之五——母亲

虽然我给了女儿生命，但她对我而言，比我的生命更加宝贵。她是我生命中的奇迹，看着她从七斤重的小不点儿长成美丽乖巧的可人儿，我在和女儿越来越美好的同步情感反应中与她一同成长。当我叫她"心肝宝贝"时，她会工整对仗的叫我"心肝妈妈"；在女儿哭闹时，我只要一说"妈妈喜欢坚强勇敢的宝宝"，就会听到她在电话里哽咽着跟我进行议程的自觉转换。这几年总是不定期缺席于她的成长，让她在小小年纪就不得不面对分离焦虑，身为母亲实在惭愧不已。

武大三年，不敢说学业精进，但是的确充满了惊喜。住在中国最美校园的最美地方，日日享受着樱园的老斋舍since 1930的文化积淀，在"横柯上蔽，在昼犹昏"中遍览群经，在"疏条交映，有时现日"时体验谈笑有鸿儒的悠然。腹有诗书气自华，回想求学路上每一位帮助过我的老师，心中涌动的都是感激。感谢武汉大学新闻与传播学院、华中师范大学新闻系和英语系的老师们，让我有幸在心中向往的学术殿堂中徜徉一番。感谢我在天津体育学院的领导、同事与学生们，让我有机会学以致用，实现自树树人的理想。感谢我的博士同学们，不论是波光粼粼的东湖水岸，还是兰花馨馨的李达院间，相处的时光虽然短暂，让我又一次体验到青春飞扬中思想的纯洁与语言的美丽。

在本书的构思、撰写与修改的过程中，武汉大学新闻与传播学院的秦志希教授、单波教授、强月新教授、夏倩芳教授、李卓钧教授、中南财经政法大学新闻与文化传播学院的李道荣教授、湖北大学新闻与传播系的廖声武教授以及天津体育学院的张勇教授、王健教授和苏连勇教授都给予了我宝贵的启发与修改意见，在此一并致谢。

对所有爱我和我爱的人，既然选择了治学从教的道路，我心匪石，不可移兮，我心匪席，不可卷兮。感谢的话语显得那么单薄，悠长深远的感念与我能够回报的菲薄之间便是潜行的动力。

杨　珍

辛卯年春夏

于珞珈山樱园沐阳居

《中国体育博士文丛》出版说明

　　《中国体育博士文丛》是中国体育高水平学术理论专著的重要组成部分，代表中国体育科学研究的最新成果，是中国体育博士展现聪明才智的有力平台。

　　作者条件：在世界各地大学、科研院所获得体育博士学位的中国公民。可以是独立作者，也可以是联合作者，但都必须具有体育博士学位。

　　稿作要求：15万字（含图表部分）A4纸打印，光盘储存。论文构件齐全，包括作者简介、序（前言）、正文、参考文献、附录、后记、作者照片。

　　通讯地址：100084北京市海淀区中关村北大街北京体育
　　　　　　　大学出版社教材专著分社
　　咨询方式：010－62974485　　　62989434
　　　　　　　lianglin825@163.com

　　注：查询《中国体育博士文丛》已出版书目，请登录北京体育大学出版社网站www.bsup.cn